Pearly Scott

Die Magier von Galway

Enthülle die Geheimnisse nur denen, die verstehen werden

Pearly Scott

Die Magier von Galway

MERANO-VERLAG

Coverbild: pixabay user: RedHeadsRule, Gloria Williams
Herzlichen Dank dafür, mit den besten Wünschen.

Bibliografische Information der Deutschen Nationalbibliothek: Die Deutsche Nationalbibliothek verzeichnet diese Publikation in der Deutschen Nationalbibliografie; detaillierte bibliografische Daten sind im Internet über dnb.dnb.de abrufbar.

Herstellung:

BoD - Books on Demand, Norderstedt

ISBN-13: 978-3-944700-19-9

Inhalt:

*Die wahren Schätze
tragen wir
in uns selbst*

-

für immer.

1473 – Das große Feuer von Galway

Der Blitz ging mit einem gewaltigen Donner vom Himmel an diesem schönen Frühlingstag in der Landschaft von Galway in Irland. Aiden wurde getroffen von den ersten riesigen Regentropfen und er wusste, dass er schnell in Deckung gehen musste, wenn er verhindern wollte, dass er bis auf die Knochen nass wurde. Also rannte er zu einem kleinen Häuschen aus Holz und Steinen, die von den umliegenden Feldern stammten, und das ein Dach aus Stroh hatte.

Er fror, als der kalte Wind durch die Löcher der offenen Fenster wehte, in denen kein Glas war. Zumindest war er irgendwie vor dem schlechten Wetter geschützt und er schaute auf die dunklen Wolken, die sich schnell am Himmel bewegten.

Aiden hatte keine Angst, da er an das irische Wetter gewöhnt war, aber er war heute ziemlich überrascht von dieser plötzlichen Veränderung. Normalerweise wurde das Wetter nicht so schnell rau. Etwas war nicht wie immer. Der Himmel sah heute furchtbar wütend aus und der Blitz war schrecklich nah und gefährlich.

Vorerst war Aiden entkommen und fühlte sich sicher. Er genoss es, in der Natur zu sein und den Wind auf seiner Haut und die Regentropfen in seinem Gesicht zu spüren. Als er durch eines der Fensterlöcher schaute, um zu sehen, wie sich die Wolken schnell vorwärts bewegten, hörte er ein Geräusch hinter sich.

In der offenen Tür stand ein riesiger Mann mit einem schwarzen langen Mantel, der vom starken Regen nass war, und einem dunklen Hut, der einen Schatten auf das Gesicht des Mannes warf.

„Was machst du in meiner Hütte? Raus mit dir! Raus!", schrie der Mann unfreundlich, als er Aiden an seinem Hemd im Nacken packte. Er zwang Aiden mit einem Stoß vor die

Hütte, zurück in den starken Regen. Jetzt wusste Aiden, dass dies Callahan war, der Bürgermeister von Galway und sogenannter „Landbeschützer".

Aiden beschloss, nach Hause zu rennen, um nicht mehr Regen als nötig ab zu bekommen. Er würde insgesamt nass und durchgefroren sein, wenn er zu Hause ankommen würde, das war inzwischen sicher. Aiden mochte Callahan nicht, da dieser Mann zu allen immer unfreundlich war. Aber was konnte er tun? Er musste die Situation akzeptieren und so schnell er konnte rennen, um sein Zuhause zu erreichen und wieder in eine warme und trockene Umgebung zu gelangen.

Als Aiden das Haus der Familie erreichte, trat er schnell ein und schloss die Tür hinter sich. Wasser lief ihm über die Kleidung und bildete eine große Pfütze auf dem Boden.

„Aiden! Komm rein", sagte seine Mutter Teagan. „Zieh andere Kleider an, trockne, und komm zum Feuer, um dich aufzuwärmen. Ich möchte nicht, dass du dich erkältest." Aidens Mutter wusste, dass es für den Jungen unmöglich war, diesem schlechten Wetter zu entkommen, da es wirklich zu schnell hereinkam. Sie machte sich Sorgen um Aidens Sicherheit, wenn er nicht da war. Jetzt, da er endlich wieder zu Hause war, fühlte sie sich erleichtert, da sie wusste, dass Aiden jetzt vor dem Regen und dem Gewitter geschützt war.

„Ich war in einer Hütte in Sicherheit, als Callahan kam und mich rauswarf", beklagte sich Aiden.

„Er ist ein rücksichtsloser Idiot", bestätigte Aidens Mutter. „Ich mag ihn auch nicht."

Aiden saß am Kamin und sah zu, wie die Flammen das Holz verzehrten, Funken sprühten und knisterten.

„Wo ist Vater?", fragte Aiden seine Mutter. „Ist er noch nicht zurück?"

„Nein noch nicht. Er hätte schon vor einigen Stunden ankommen sollen", antwortete seine Mutter. „Ich hoffe, er hat irgendwo Deckung vor diesem Wetter gefunden."

Aiden hoffte, sein Vater würde bald zurückkehren, da es heute sein elfter Geburtstag war, und er wollte ihn mit seinen Eltern feiern, sobald beide zu Hause sein würden.

Die Stunden vergingen, der Abend kam, dann legte sich die Nacht über Galway - aber Aidens Vater kehrte nicht zurück.

Am frühen Morgen, am nächsten Tag, kam Donal vorbei und klopfte an die Tür, um Eintritt zu erbitten. Donal war als Magier bekannt, er besaß eine riesige Landfläche und war ein sehr reicher Mann. So konnte er es sich leisten, eine Schule in Galway zu gründen, wo er junge talentierte Mädchen großzog, um auch Magier zu werden. Er war irgendwie mysteriös, obwohl er immer freundlich und hilfsbereit zu jedem war, der zu ihm kam, um Hilfe zu erhalten. Aber er behielt auch einige Geheimnisse für sich, die er nicht jedem preisgeben würde, was ihm misstrauische Gedanken von einigen Leuten hier in Galway einbrachte. Donal war das egal. Er setzte einfach seine Arbeit und sein Studium der obskuren Wissenschaften und des alten Wissens fort. Seine Gemeinschaft weiblicher Magier wurde auch für ihre Fähigkeit respektiert, Kranke zu heilen oder Familien zu beraten, wenn jemand plötzlich und unerwartet oder auch langsam im Verlauf einer Krankheit dem Tod ausgesetzt war.

„Teagan, setz dich bitte", bat Donal, als er das winzige Haus betrat.

„Was ist los?" wollte Teagan wissen, als sie sich langsam auf einen Stuhl setzte. Sie war bereits irgendwie beunruhigt und hatte zitternde Finger, wie Aiden sah.

„Es geht um Owen", sagte Donal. Owen war Teagans Ehemann, der Vater von Aiden. „Er ist gestern nicht zurückgekehrt, wie wir gehofft hatten, und ich habe Grund zu der Annahme, dass er nicht zu euch zurückkehren kann. Es tut mir schrecklich leid, aber ich nehme an", Donal holte tief Luft, „er hat sein Leben verloren."

Teagan hatte Tränen in den Augen, als sie Donal ansah. Sie wollte es nicht glauben, aber sie wusste, dass Donal niemals lügen oder leichtfertig über solche Dinge sprechen würde.

„Was ist passiert?", wollte sie wissen.

„Ich kann es nicht sagen", antwortete Donal. „Ich weiß nur, dass die Dinge nicht wie erwartet liefen und die Informationen, die ich erhielt, nicht klar waren, darüber, was genau passiert ist. Also kann ich dir wirklich nicht mehr darüber erzählen." Donal holte wieder tief Luft. „Alles, was ich dir sagen und versprechen kann, ist, dass ihr jede Art von Unterstützung bekommt, die ihr möglicherweise braucht, um diese schwierige Situation zu überstehen und dass die Gemeinschaft der Galway Magier euch unterstützen wird, so gut wir alle können. Und - wir alle hoffen, mehr darüber zu erfahren, was wirklich passiert ist und ob es Hoffnung gibt, Owen nach Möglichkeit wieder lebendig zurück zu bringen."

Aiden, der Donals Worten aufmerksam zuhörte, weinte leise. Tränen liefen ihm über die Wangen und fielen auf sein Hemd. Er liebte seinen Vater und er konnte den Gedanken nicht ertragen, dass er ihn niemals zurückkehren sehen würde.

„Danke für dein großzügiges Angebot, Donal", sagte Teagan. „Und vielen Dank, dass du mich über Owen auf dem Laufenden hältst. Ich möchte immer noch nicht glauben, dass Owen gestorben sein könnte. Ich werde meine Hoffnung behalten und in dem Sinne leben, dass Owen eines Tages nach Hause zurückkehren wird. Wann immer dieser Tag sein könnte." Sie stand auf, machte einen Schritt auf Donal zu, legte ihre Hand auf Donals Schulter und sagte: „Es ist wirklich gut, dich und deine Gruppe in der Nähe zu haben. Ihr seid großartige Menschen und ich schätze euer Tun und eure Art, auf Dinge zu reagieren, sehr. Ich weiß nicht, wie ich dir genug danken soll, Donal." Teagan hatte noch mehr Tränen in den Augen. Sie war eine starke Frau und hatte ein warmes und großzügiges Herz, und sie war tief getroffen von dem

Gedanken, Owen könnte tot sein. Und sie wusste auch, dass sie vorerst nichts dagegen tun konnte.

„Möchtest du bei uns bleiben, Donal, und Aidens Geburtstag mit uns feiern? Gestern haben wir so lange gewartet und sind schließlich ins Bett gegangen, ohne die Chance zu haben, Kuchen und ein Geschenk für Aiden zu haben", lud Teagan Donal ein.

„Unter diesen Umständen, Teagan, freue ich mich, bei euch zu bleiben", antwortete Donal und sagte zu Aiden: „Aiden, ich würde deinen Geburtstag lieber zusammen mit dir und deinen beiden Eltern feiern, glaub mir das bitte. Jetzt - da wir die Dinge nicht ändern können, lasst uns das Beste daraus machen und ein Stück Kuchen essen, um deinem Geburtstag zumindest die Aufmerksamkeit zu schenken, die er verdient. Und glaube mir, mein Junge, es tut mir schrecklich leid, dass dein Vater jetzt nicht bei uns ist."

Teagan brachte ein paar Teller mit Kuchen für Aiden, Donal und sich selbst und ein paar Tassen Tee für jeden von ihnen. Dann brachte sie ein Geburtstagsgeschenk für Aiden und gab es ihm.

„Dies ist dein Geburtstagsgeschenk, Aiden. Dein Vater und ich - wir haben beschlossen, es ist Zeit für dich, da du schon so schnell aufgewachsen bist, dir dieses seltene Buch zu geben. Und wir haben beide gehofft, dass du es mit großer Sorgfalt und Freude verwenden möchtest."

Aiden war überrascht und nahm das Buch aus den Händen seiner Mutter in Empfang. „Vielen Dank, Mama", sagte er dankbar. Dann begann er das Buch auszupacken. Als er den Titel des Buches sah, fiel ihm der Mund auf. „Feuermagie. Wie man die Macht von Feuerwesen hervorruft und kontrolliert", las Aiden.

Donal bekam scheinbar größere Augen. „Teagan, bitte, denkst du wirklich, das ist eine gute Idee, Aiden ein solches Buch lesen zu lassen?" fragte er leicht verstört.

„Nein. Nach dem, was gestern passiert sein könnte und mit der Tatsache, dass Owen vermisst wird, halte ich es nicht für eine gute Idee. Aber es war Owens Wunsch und ich respektiere dies. Ich übergebe nur, was in seinem Sinne war", antwortete Teagan.

„Ich habe wirklich meine Bedenken, Teagan. Bitte lass mich Aiden in die Kraft der Magie einführen und lass ihn dies nicht ohne Anleitung selbst tun. Weißt du, ich würde diese Aufgabe wirklich gerne übernehmen und meine Aufsicht für Aiden übernehmen", schlug Donal vor.

„Nein", sagte Aiden. „Ich möchte keine deiner Studentinnen sein. Ich wäre der einzige Junge unter all diesen Mädchen, und das kann man von mir nicht verlangen. Ich fühle mich unter Mädchen unwohl. Diese Idee gefällt mir nicht, wirklich", beharrte Aiden. „Ich würde lieber das Buch lesen und für den Fall, dass ich Probleme damit haben sollte oder die darin enthaltenen Schriften nicht verstehen würde, kann ich kommen und um Ihre Hilfe bitten, Sir", sagte er zu Donal. „Ich möchte wirklich nicht in Ihre Schule gehen. Wirklich nicht. Vielen Dank für das Angebot, Sir."

„Geben wir Aiden die Gelegenheit, das Buch zu lesen, und vielleicht kommt er zu dem Schluss, dass Hilfe vorteilhaft sein könnte", schlug Teagan vor. „Dann würden wir uns beide sehr freuen, von deinem Angebot Gebrauch zu machen, Donal."

„Wie du willst", antwortete Donal. „Nun, vielen Dank für den Kuchen, Teagan, er hatte einen wunderbaren Geschmack. Da die Sonne so schnell aufgeht, sollte ich jetzt zur Schule zurückkehren. Und, Aiden - unsere Türen werden für dich offengehalten und es wäre mir eine Freude, deine Ausbildung zu einem der Galway Magier zu unterstützen, wenn du möchtest. Ich weiß, es wäre auch im Interesse deines geliebten Vaters, Aiden, und es wäre mir eine Ehre, dabei zu helfen."

Im Laufe der Tage las Aiden in seinem Geburtstagsbuch „Feuermagie". Je mehr er las, desto mehr wurde er in das Thema hineingezogen. Er war fasziniert von den Inhalten und wirklich versucht, etwas zu üben, um zu sehen, ob diese unglaublichen Techniken wirklich funktionieren könnten. Er versuchte, seine Gedanken zu konzentrieren, wie er in dem Buch gelesen hatte, um sich auf die Schaffung eines kleinen Feuerwesens zu konzentrieren.

Irgendwie hat es nicht funktioniert. Nicht einmal der geringste Funke. Aiden war ein bisschen enttäuscht und dachte, er hätte vielleicht nicht viel Talent für diese Magie.

Er beschloss, die sonnigen Tage zu nutzen, um draußen auf den Feldern zu sein - das war eine seiner größten Freuden, und dann setzte er abends sein Lesen und Üben fort.

Als er eines Abends über eine Wiese ging, deren Gras vom Tau feucht war, sah er ihn. Callahan. Dieser unangenehme Mann kam schnell und entschlossen auf ihn zu.

„Du schon wieder, mieser Junge!", schrie Callahan aus der Ferne in Richtung Aiden. „Dies ist mein Land, und ich möchte, dass du es verlässt! Verpiss dich jetzt! Oder ich werfe dich und deine Mutter aus eurem Haus. Dann könnt ihr in einer Hundehütte leben wie beschissene Schweine!"

Aiden drehte sich sofort um und rannte weg. Wie er dieses dumme Arschloch hasste! Er rannte und rannte, bis er das Haus der Familie erreichte. Er blickte zurück und sah Callahans Feld in der Ferne und die Stadt Galway hinter den Feldern. Jetzt wuchs sein Zorn, als die Sonne unterging und die Dunkelheit begann, das Land in Besitz zu nehmen.

Aiden ging ins Haus und griff nach seinem Buch. Er war entschlossener als je zuvor, zu üben und einige Feuerwesen zu erschaffen. Jetzt war er in der Stimmung, all seinen Willen und seine Macht in die Sprüche zu geben, die er aus dem Buch gelernt hatte.

Aiden stand da, die Hand in den dunklen Himmel erhoben, und konzentrierte sich darauf, einen Feuerball zu erschaffen. Und - er konnte es zuerst nicht glauben - hier war er - sein erster winziger Funke. War das echt? Sobald Aiden seine eigene Überraschung bemerkte, verschwand der Funke.

„Konzentriere dich, konzentriere dich, lass dich nicht stören, konzentriere dich!", sagte er sich. Wieder - nach einigen Sekunden gelang es Aiden, einen weiteren kleinen Funken zu erzeugen. Dieses Mal behielt er sein Bewusstsein und konzentrierte sich ständig auf den Funken, der langsam größer wurde, bis Aiden einen Feuerball in seiner Hand sah. Dann bemerkte er Callahan in der Ferne, der in Richtung Galway ging, wo er lebte.

Aiden spürte, wie sein Zorn wie eine Welle zurückkam und ihn mit überwältigender Macht in einen Zustand der Wut drückte. Also rief er laut: „Ich hasse dich, Calla-Arsch!" Und er warf den Feuerball in Richtung Galway. Ohne zu zögern schuf Aiden einen zweiten Feuerball und bemerkte nicht einmal, wie einfach das für ihn plötzlich war. Voller Wut und Zorn warf er die Feuerbälle einen nach dem anderen weiter nach Galway, in der Hoffnung, dass es ihm gelingen würde, Callahans dummen Kopf zu treffen.

Es war eine erstaunliche Szene, als all diese Feuerbälle durch den dunklen Himmel flogen und auch eine große Gefahr lag in der Luft. Der Wind kam auf und trug die Feuerbälle direkt in die Stadt Galway, wo die Dächer schnell und immer mehr zu brennen begannen.

Galway brannte! Die Flammen reichten weit in den unendlich hohen Himmel und die dunkle Nacht wurde von einer gewaltigen Flammenwelle beleuchtet.

Aiden bemerkte nicht einmal, wie verängstigt Callahan war, als er das Geschehen sah. Als er zu verstehen versuchte, was dort vor sich ging, sah Callahan, dass die Feuerbälle von dem Haus kamen, in dem Aiden mit seiner Mutter lebte. Dann sah er Galway an und musste erkennen, dass fast jedes Haus in der Stadt ein Opfer der Flammen war oder zumindest stark vom Feuer bedroht. Callahan rannte zu seinem eigenen Haus in Galway und wäre fast an einem Herzinfarkt gestorben. Er fiel hin und atmete schwer, nachdem er seinen fetten und untrainierten Körper bis an die Grenzen gefordert hatte. Callahan fasste sich an seine Brust, als er dachte, sein Herz würde aufhören zu schlagen - dann verlor er das Bewusstsein und die Dunkelheit übernahm die Kontrolle über ihn.

Als Aiden erkannte, was er verursacht hatte, nahm er sein Buch und kehrte schnell ins Haus zurück und ging ins Bett. Er sagte kein Wort darüber. Irgendwie war er ein bisschen stolz auf seine Rache an Callahan. Er hatte diesem blutigen Arschloch gezeigt, was er verdient hatte, als er Aiden gegenüber unhöflich war. Andererseits hatte Aiden Angst, dass er den Häusern vieler unschuldiger Menschen großen Schaden zugefügt haben könnte. Aber hey - diese dummen Kreaturen hatten diesen Arsch unterstützt, um Bürgermeister von Galway zu werden. Zumindest viele von ihnen akzeptierten die Situation. Na und? Aiden hörte auf, über all diese Ereignisse nachzudenken, und genoss sein neues Können, Feuerbälle aus Konzentration zu erschaffen. Was für eine wunderbare neue Fähigkeit das sein könnte, dachte er!

Am frühen Morgen ließ ein lautes Klopfen an der Tür Aiden aufwachen. Was zum Teufel! War Callahan hier, um ihn jetzt für sein Feuerwerk zu bestrafen? Aiden zitterte und spürte, wie die Angst in ihm aufstieg. Wie konnte er dieser Situation entkommen? Sollte er einfach leugnen oder lügen? Aiden war absolut sensibel dafür, was jetzt passieren würde.

Aidens Mutter Teagan ging zur Tür und öffnete sie. Donal war draußen, Aiden war erleichtert.

„Teagan, hast du schon gehört, was letzte Nacht passiert ist? In Galway gab es ein großes Feuer und viele Häuser brannten nieder", erklärte Donal.

„Nein, ich habe noch nichts davon gehört", antwortete Teagan. „Das ist schrecklich."

„Ja, und das Schlimmste daran ist, dass Aiden seinen Teil dazu beigetragen hat. Er ließ das Feuer beginnen, als er mit der Feuermagie herumspielte und diese Feuerwesen hervorbrachte, die die Stadt niederbrannten."

„Nein, Donal, das kann nicht wahr sein. Nicht mein Aiden. Du musst falsch liegen."

„Ich habe nichts damit zu tun!", log Aiden.

Donal sah ihn durchdringend an, dann sagte er ruhig, aber bestimmt: „Zeig mir deine Hände, Aiden." Als Aiden nicht darauf reagierte, nahm Donal Aidens rechte Hand und zeigte sie seiner Mutter. Es waren deutliche Brandblasen in der Handfläche erkennbar.

„Nun – und was ist das, Aiden? Das sind Brandblasen, die du dir von den Feuerbällen geholt hast, die du nach Callahan geworfen hast in deinem Zorn, stimmt's?", wollte Donal wissen.

Aiden wurde rot im Gesicht vor Scham. Er atmete schwer ein und aus.

Teagan sah Aiden an und fragte: „Wie ist das passiert, Aiden? Woher hast du diese Blasen? Hast du wirklich etwas mit dem Feuer in Galway zu tun? Ich kann es nicht glauben."

„Ja, es ist wahr, Mama", gab Aiden zu. „Es war mein Fehler. Ich wollte keinen Schaden anrichten, aber ich war so wütend, dass Callahan mich zutiefst beleidigt hatte. Ich war so verärgert, dass ich einfach die Kontrolle verlor und die Feuermagie für meine Rache benutzte. Ich wollte Callahan treffen, nicht Galway, du musst mir glauben."

„Du bist in großen Schwierigkeiten, mein Junge", sagte Donal. „Callahan wird kommen und nach dir suchen und dich dann zur Bestrafung schleifen. Er hat gesehen, was du getan hast."

Teagan war besorgt. „Was können wir tun?", fragte sie Donal.

„Es wäre das Beste, wenn ich Aiden mit in die Schule nehmen würde. Auf der einen Seite würde Callahan nicht in der Lage sein, Hand an ihn zu legen, auf der anderen Seite könnte Aiden beigebracht werden, wie man seine magischen Kräfte einsetzt. Wenn es eine Sache gibt, die wir alle daraus gelernt haben, dann ist es, dass Aiden wie sein Vater ein großes Potenzial und Talent hat. Nur wenn wir ihn richtig unterrichten, können wir sicherstellen, dass sein Talent und seine Kraft in eine gute Richtung fließen, und nur so können wir dazu beitragen, Ereignisse wie diesen gewaltigen Feuerschlag zu verhindern, den wir gestern in der Stadt hatten. Ich bin mir sicher, dass dies der einzige Weg ist, den wir derzeit haben", beharrte Donal.

„Oh Donal", sagte Teagan mit einem Seufzer.

„Ich möchte nicht zur Schule gehen, bitte", jammerte Aiden.

„Du musst", antwortete Teagan. „Nur so kannst du und die Menschen um dich herum in Sicherheit gebracht werden. Ich mag es auch nicht, aber ich sehe keinen anderen Weg. Ich glaube, Donal hat Recht und es ist das Beste für dich und für uns alle, Aiden. Wir werden nicht so weit voneinander entfernt sein und von Zeit zu Zeit kann ich dich vielleicht in der Schule besuchen, Aiden. Aber das Wichtigste im Moment ist, dich vor Callahan zu verstecken. Vielleicht - wenn er dich nicht findet - vergisst er vielleicht, was passiert ist. Vielleicht kann Donal uns auch dabei helfen, Callahans Erinnerung an die letzte Nacht auszulöschen."

„Ja, ich denke das ist möglich", sagte Donal. „Aber zuerst müssen wir die Situation unter Kontrolle bringen, und wir möchten bestimmt nicht, dass die Dinge aus dem

Gleichgewicht geraten. Sobald wir die Dinge beruhigt haben, haben wir Zeit, die beste Lösung zu finden, und vielleicht ist es wirklich am besten, Callahans Erinnerung zu löschen, ja. Aber das muss gut durchdacht sein. Fürs Erste - Aiden - ist es wichtig, dass du mit mir kommst. Gleich jetzt und so schnell wie möglich. Also schnapp dir dein Buch und einige persönliche Dinge, die du brauchst, und folge mir."

Aiden fing an leise zu weinen. Tränen liefen ihm über das Gesicht, als er erneut versuchte, seine Mutter davon zu überzeugen, dies nicht zuzulassen: „Mama, bitte. Hilf mir, ich will nicht zur Schule gehen. Können wir Galway nicht einfach für immer verlassen?", schlug Aiden vor.

„Aiden, weglaufen ist nie die beste Lösung. Mach das Beste daraus, lerne, dein Talent einzusetzen und solche Ereignisse in Zukunft zu verhindern. Das ist der vielversprechendste Weg. Und bitte nimm die Hilfe an, die Donal anbietet. Er ist seit vielen Jahren ein guter Freund deines Vaters. Ich habe volles Vertrauen in Donal und vertraue seinem Urteil, Aiden. Du musst jetzt stark sein. Aber es ist so wie es ist. Du wirst mit Donal gehen. Er kann und wird dich beschützen. Und das ist jetzt meine Entscheidung", sagte Teagan fest.

Aiden weinte weiter leise und wünschte, er könnte in einem tiefen Loch in der Erde verschwinden oder sich einfach in Luft auflösen. Aber das war nicht seine Entscheidung. Vorerst musste er sich seinem Schicksal fügen und mit Donal gehen. Er griff nach seinem Buch und einigen Kleidern und fiel in die Arme seiner Mutter, während die Tränen noch liefen.

„Tschüss, Mama", flüsterte er leise.

„Tschüss, Aiden", antwortete Teagan.

Dann nahm Donal Aidens Hand und führte ihn vor das Haus, um ihn zur Schule der Galway-Magier zu bringen.

Nach einem langen Spaziergang von dem Haus, in dem Aiden mit seiner Mutter lebte, erreichten Donal und Aiden die

Gebäude der Schule der Magier von Galway, die auf einem Hügel lag und von Mauern umgeben war, die den Menschen Schutz gewährten, die im Schulareal lebten. Donal öffnete die schwere Tür aus massivem Holz und ließ Aiden eintreten, dann kam er selbst herein und schloss die Tür wieder.

Innerhalb der Mauern ging Donal zu einem Gebäude, das sich in der Mitte dieses Häuserkomplexes befand. Donal öffnete erneut die Tür und lud Aiden ein, einzutreten. Dann folgte er ihm in dieses Haus. Es war das Hauptschulhaus des Komplexes. Aiden sah ein paar Frauen und Mädchen im Haus und Donal stellte ihnen Aiden vor.

„Dieser kleine Junge ist Aiden, der Sohn von Owen und Teagan. Ich habe ihn eingeladen, unsere Schule für seine Ausbildung und Praxis in den Künsten der Magie zu besuchen. Er ist sehr talentiert, und ich bin fest davon überzeugt, dass er als Magier eine glänzende Zukunft haben wird und wir alle von seinen Fähigkeiten profitieren können, wenn er erst einmal gelernt hat, sein Talent gut einzusetzen. Begrüßt ihn, er ist jetzt einer von uns", sagte Donal.

Die Frauen und Mädchen kamen näher, um Aiden willkommen zu heißen, und jede von ihnen wurde dem Jungen von Donal vorgestellt.

„Das ist Cassidy", sagte Donal, als die erste Frau kam und ihre Hand ausstreckte, um Aiden willkommen zu heißen. „Sie ist eine der erfahrensten Magierinnen, die wir haben, und ihre Heilfähigkeiten sind selbst den Menschen in Galway bekannt. Wann immer du ein körperliches oder geistiges Problem haben solltest, lass es sie wissen. Sie hat große Weisheit, sieht, wie die Dinge miteinander zusammenhängen und was den Menschen Schmerzen und Probleme verursacht. Wenn du Cassidy genau zuhörst, kannst du viel über Gesundheit und Wohlbefinden lernen. Sie wird dir das Wissen beibringen, wie man heilt, Aiden."

Aiden schüttelte Cassidys Hand vorsichtig und fühlte sich in Gegenwart dieser beeindruckenden Frau sehr schüchtern.

Dann wurde Aiden die nächste Frau vorgestellt. Sie war offensichtlich jünger als Cassidy und von derselben Schönheit. „Das ist Ide", sagte Donal. „Sie wird dir beibringen, wie man mit spirituellen Wesen wie Feen und Elfen kommuniziert. Sie kann diese schönen Wesen sehen und mit ihnen sprechen, als wären sie welche von uns. Das wirst du auch von ihr lernen. Es mag einige Zeit dauern, aber Ide ist in diesem Bereich außergewöhnlich talentiert. Du wirst das sicherlich interessant finden, glaube ich."

„Hallo", sagte Aiden leise, als er Ide die Hand schüttelte. Irgendwie fühlte er sich in Ide's Gegenwart sehr wohl und konnte nicht sagen warum.

„Das ist Bridget", stellte Donal die nächste Frau vor, die näher kam. „Sie kommuniziert mit geistigen Wesen, allen Arten von spirituellen Wesenheiten und natürlich mit Geistern, den Seelen von Toten, wenn du so willst. Viele Menschen haben Angst vor dem, was sie tun kann, und viele Menschen mögen den Gedanken nicht, dass jemand mit den Toten kommunizieren kann, aber ich bin sicher, du wirst lernen, wie nützlich diese Fähigkeit sein kann, Aiden."

Bridget schien etwas kühler zu sein als Ide, oder vielleicht fühlte Aiden es einfach so, da er sich mit dem Gedanken nicht wohl fühlte, dass sie Kontakt zu den Toten hatte. Er fand die Idee irgendwie gruselig.

„Nun, das ist Darcy", setzte Donal seine Einführung fort. „Sie ist eine junge Schülerin, so wie du einer bist, Aiden."

„Hallo Aiden", sagte Darcy, als sie näher kam. „Ich kann dir beibringen, wie du Dinge durcheinander bringst und wie alles schief geht. Ich habe bei allem, was ich tue, immer Pech. Ich weiß nicht, warum, aber irgendwie ist das mein Talent."

Aiden war überrascht, wie fest Darcy seine Hand schüttelte. Sie schien eine starke junge Frau zu sein, wobei sie recht freundlich war.

„Und schließlich", sagte Donal, als die letzte junge Frau näher kam, „das ist Ciara. Wie Darcy ist sie auch Schülerin an unserer Schule."

Ciaras Blick war irgendwie durchdringend, als sie Aiden inspizierte und er fühlte sich in ihrer Gegenwart ein wenig unwohl.

Nach dieser Einführungsrunde gingen alle Magier und Schüler zu den Tischen im Raum, wo bereits Essen zubereitet war, damit sie sich setzen, essen, trinken und reden konnten. Aiden setzte sich und Darcy kam näher, um sich an seine Seite zu setzen. Sie erzählte ihm viele Geschichten, die sie erlebt hatte, und präsentierte ihm einige unglaubliche Ereignisse. Aiden wusste nicht wirklich, was er mit ihr reden sollte, da er noch ein kleiner Junge war, und er glaubte nicht, dass seine Geschichten, auf den Feldern von Galway zu sein, für irgendjemanden hier von Interesse sein würden. Und er wollte definitiv nicht über seine Erfahrungen mit Callahan, dem Bürgermeister von Galway, sprechen. Nein, definitiv nicht.

In den nächsten Tagen wurde Aiden in viele Aktivitäten eingeführt, die die Gemeinschaft durchführen musste, um die Dinge am Laufen zu halten. Er lernte viel darüber, wie man Pflanzen im Garten züchtet, wie man Kleidung wäscht, wie man Mahlzeiten zubereitet und wie man das Geschirr spült. Bisher nichts über Magie. Manchmal dachte Aiden, er würde nie in die interessanten Dinge wie die Feuerkraft eingeführt werden, die er bereits erlebt hatte.

Andererseits war Aiden ziemlich zufrieden, weil er ein Zimmer für sich hatte, in dem er sich ausruhen und in seinem Buch lesen konnte. Donal erlaubte ihm das, obwohl er ihm sagte, er solle vorsichtig sein und nicht alles mit einem

Feuerball in der Schule durcheinander bringen. Aiden war sich nicht sicher, ob Donal es ernst meinte oder ob er einen Witz über ihn machte. Zumindest fand er das nicht sehr lustig.

Die Zeit verging, Aiden war in der Schule sicher vor Callahan versteckt, dem gesagt wurde, dass Aiden von seiner Mutter verschwunden war und niemand zu wissen schien, wohin.

Das einzige, was Aiden auf die Kunst der Magie vorbereitete, waren die regelmäßigen Meditationssitzungen, an denen er teilnahm. Dort lernte er, seinen Geist zu beruhigen, seine Gedanken fließen zu lassen und seinen Geist zu kontrollieren. Es war notwendig und schien Donal wichtig, dass Aiden zuerst die Grundlagen lernte, bevor er in jene Künste eingeführt wurde, die ihn auf einen dunklen Weg führen könnten, wenn sein Charakter nicht zuerst gefestigt würde.

Karma

Heute war Aidens zwölfter Geburtstag und alle Magier und Schüler versammelten sich morgens um ihn herum, zum Frühstück an den Tischen im zentralen Schulgebäude. Sie gratulierten ihm nacheinander und dann sah Aiden jemanden durch die Tür kommen. Er war sich nicht sicher, ob er das glauben konnte, aber was er sah, brachte Tränen in seine Augen. Seine Mutter Teagan besuchte ihn. Aiden spürte, wie sein Herz bis zu seiner Kehle schlug, als er zu seiner Mutter rannte und in ihre Arme fiel.

„Alles Gute zum Geburtstag, Aiden", sagte sie. „Ich bin so froh dich zu sehen. Wie geht es dir hier? Ist alles in Ordnung?"

„Ja, Mama", antwortete Aiden, als Tränen über seine Wangen liefen. „Ja, hier ist alles in Ordnung. Ich vermisse meine Freiheit, außerhalb der Schule auf den Feldern zu gehen, und was noch schlimmer ist, ich habe dich vermisst, Mama. Kannst du mich bitte nach Hause mitnehmen?"

Donal war besorgt, als er sah, dass der Junge noch nicht glücklich war, Teil der Gemeinschaft in der Schule zu sein. Obwohl Aiden fleißig war und an allen Arten von Arbeiten und Aktivitäten teilnahm, schien er hier immer ein bisschen traurig zu sein. Er wusste aber auch, dass die Gefahr, die Callahan darstellte, immer noch außerhalb der Schulmauern lauerte. Er konnte Aiden nicht gehen lassen, um seiner selbst willen.

„Aiden, das ist nicht möglich", sagte seine Mutter. „Ich vermisse dich wirklich jeden Tag meines Lebens, aber es ist unvermeidlich, dass du hier bleibst. Es ist zu deinem Schutz und was noch wichtiger ist - es ist für deine Ausbildung. Du wirst den Weg, der vor dir liegt, vielleicht noch nicht erkennen, aber eines Tages wirst du sehen, wie wichtig diese Schritte, die du jetzt unternimmst, für dich und andere sind. Warum zeigst du mir nicht, wie du hier lebst? Donal sagte mir, du hast dein eigenes Zimmer und ich würde auch gerne den Rest der Schule besuchen und, was noch wichtiger ist, all deine Freunde und Gefährten hier kennenlernen, Aiden."

„Ja, ich werde dich mit allen hier vertraut machen und dir alles zeigen. Aber lass uns bitte zuerst etwas frühstücken", antwortete Aiden und lud seine Mutter ein, sich an den Tisch zu setzen.

Es war ein wunderschöner und angenehmer Tag für Aiden, und er verbrachte an diesem Tag einige Stunden mit seiner Mutter. Sie hatten sich viel zu erzählen, da Monate vergangen waren, seit sie sich das letzte Mal getroffen hatten.

Am nächsten Tag kam Donal zu Aiden und sagte zu ihm: „Aiden, heute werden wir eine Art neue Form der Ausbildung für dich haben. Ich werde dir heute einige besonders wichtige Kenntnisse vorstellen. Und ich bitte dich, aufmerksam zuzuhören, dir eigene Gedanken darüber zu machen, was du von mir hören wirst, und dann bitte – und das ist der wichtigste Teil dieser Ausbildung, Aiden, dann – solltest du deine eigenen Schlussfolgerungen ziehen. Glaube niemals einfach, was ich dir sage, das ist wichtig. Versuche, alles zu verstehen und selbst herauszufinden, ob es wahr sein kann. Du solltest nicht nur zuhören und lernen, reproduzieren zu können, was ich dir gesagt habe. Du solltest die Antworten auf alles selbst suchen. Es ist wichtig, dass du offen dafür bist. Bleib skeptisch und denke sorgfältig über alles nach, was ich dir sagen werde."

„Warum sollte ich nicht alles glauben, was Sie mir sagen, Sir?", fragte Aiden überrascht.

„Nun", fuhr Donal fort, „es ist wichtig, dass du lernst, über alles nachzudenken. Nichts auf dieser Erde ist offensichtlich, das wirst du während deiner Ausbildung sehen, Aiden. Es gibt nicht immer ein klares Richtig und Falsch, es gibt nicht immer den einen richtigen Weg. Es kann manchmal äußerst schwierig werden, das Richtige zu finden. Aus diesem Grund musst du in der Lage sein, alle Informationen, die du erhältst, sorgfältig abzuwägen und zu deinem eigenen, sehr individuellen und sehr persönlichen Ergebnis zu gelangen. Du wirst mit der Zeit deine eigene Wahrheit aufbauen. Und das ist wichtig, da dir dies hilft, deinen Weg zu verfolgen, sobald es schwierig wird. Du brauchst einen klaren Verstand und ein gutes Verständnis für so viel wie möglich. Und du wirst lernen, nicht nur deinen Kopf zu benutzen, um die richtige Lösung zu finden, sondern auch dein Herz und deine innere Stimme."

„Meine innere Stimme ist in meinem Kopf, Sir. Ich kann den Unterschied nicht erkennen", sagte Aiden.

Donal lächelte. „Ich weiß, warum du das glaubst. Weißt du, dein Körper ist wie eine Kathedrale, alles ist mit etwas Heiligem und Göttlichem verbunden. Dein Körper, dein Geist, deine Gefühle, deine Seele, deine spirituellen Teile, alles. Und dein Kopf ist der Glockenturm. Hier ist der meiste Lärm. Und deshalb kannst du deine innere Stimme nicht hören. Glaub mir, deine innere Stimme ist nicht im Kopf, sondern in deinem Bauch."

„Okay", sagte Aiden überrascht und skeptisch.

„Nun solltest du wissen, dass du nicht nur dein Körper und dein Gehirn bist. Da ist mehr. Lass mich dir eine Frage stellen. Was macht dich einzigartig, was würdest du sagen, ist anders für dich, wenn du dich mit anderen vergleichst?", fragte Donal.

„Ich bin zwölf Jahre alt, also bin ich der Jüngste hier in der Schule", antwortete Aiden stolz, als er glaubte, die richtige Antwort gefunden zu haben.

„Nein, das glaube ich nicht. Es gibt viele Jungen in Galway mit zwölf Jahren, das macht dich also nicht einzigartig. Was könnte es dann noch sein?", fragte Donal erneut.

Aiden holte tief Luft. Er dachte, er sollte sich einen Moment Zeit nehmen, um ein bisschen mehr über eine gute Antwort nachzudenken, da er nicht wie ein kompletter Idiot aussehen wollte, wenn alle seine Versuche falsch wären. „Einzigartig, einzigartig für mich im Vergleich zu allen anderen. Was ist einzigartig...", dachte Aiden laut nach. „Ah - es gibt eine Sache, die für mich wirklich einzigartig ist und die mich von allen anderen unterscheidet", sagte Aiden schließlich.

„Und was ist das?", wollte Donal wissen.

„Nun - ich sehe mich von innen, während ich alle anderen von außen sehe. Das macht mich anders, das macht mich einzigartig für mich", erklärte Aiden.

„Ja, das ist es, Aiden! Das ist eine besonders gute Antwort für mich", bestätigte Donal, „und aus diesem Grund liegt es in deiner einzigartigen Verantwortung, besonders auf deine Handlungen zu achten, Aiden. Denn du siehst dich von innen heraus und bist derjenige, der sich im Zentrum deiner Welt befindet, sogar im Zentrum deines Universums. Jede Verantwortung für alles, was in deinem Leben passiert, kommt von dir selbst", sagte Donal und machte eine Pause, um Aiden die Möglichkeit zu geben, darüber nachzudenken.

„Warum sollte ich für alles verantwortlich sein? Das scheint mir nicht richtig zu sein. Ich bin nicht dafür verantwortlich, dass Callahan für mich so nervig ist", sagte Aiden und fügte nach einer Weile hinzu: „Ich bin für das Feuer in Galway verantwortlich, ja, aber wie kann ich für die Handlungen von Callahan verantwortlich sein?"

„Es ist wegen deines Karmas, Aiden", erklärte Donal.

„Was ist das?", wollte Aiden wissen.

„Wenn du geboren bist und dich von innen siehst, dann weißt du, dass das du bist und nicht einer der anderen. Du bist es, das Zentrum des Universums, wenn du so willst. Und dann - jede Handlung, die du unternimmst, schafft Verantwortung in Bezug auf die anderen. Wenn du also jemanden verletzt, bittet Karma darum, dass du auch verletzt wirst. Alles, was du für andere oder anderen tust, passiert dann auch dir selbst. Das ist Karma. Und warum ist das so? Damit du lernst, wie Dinge miteinander verbunden sind und wie sie sich zueinander verhalten. Lass es mich anders sagen. Wir sind geboren, um zu leben, Erfahrungen zu machen, das Leben zu fühlen, wie es wirklich ist. Wenn du also jemandem hilfst, Freude zu empfinden, indem du zum Beispiel jemandem ein Geschenk gibst, dann ist es nur fair und natürlich, dass du diese gute Tat in der Weise gewürdigt bekommst, dass du es verdienst, dieselbe Freude zu erfahren, die du für diesen jemanden bereitet hast. Okay?"

„Das klingt vernünftiger", gab Aiden zu.

„Ja, und es funktioniert auch umgekehrt. Wenn du also jemanden verletzt, jemanden schlägst oder tötest, wenn du jemanden ausraubst oder jemanden verbrennst – verdienst du auch dafür Anerkennung. Du hast dann auch die Belohnung verdient, zu erfahren, wie es ist, geschlagen oder verbrannt zu werden. Das ist Karma. Es ist die absolute Fairness des Universums."

„Aber das ist grausam! Und nicht jeder, der jemand anderen tötet, wird selbst getötet. So funktioniert das einfach nicht. Es ist falsch, das ist mir klar. Es ist nicht wahr, Sir!", beharrte Aiden.

„Ja, du hast recht, Aiden. Wenn du nur auf dein gegenwärtiges Leben schaust, ist es oder scheint es unfair. Nicht jeder, der jemand anderen ermordet, wird im Gegenzug getötet. Nicht jeder Dieb bekommt etwas von sich gestohlen. Nur - das ist lediglich ein Teil der Geschichte. Dieses Leben, das du jetzt hast, Aiden, ist nicht dein einziges Leben. Und es ist nicht dein erstes Leben. Es wird auch nicht dein letztes Leben sein. Es geht weiter. Und so ist es auch für alle anderen. Und das ist ein Geheimnis, das nicht jeder kennt. Aber sobald du davon weißt, wirst du feststellen, dass es Sinn macht, darüber nachzudenken, was du als Belohnung für deine Handlungen und auch für deine Gedanken und Gefühle verdienen möchtest, Aiden." Donal machte eine kurze Pause und dann fuhr er fort: „Wenn du jemanden tötest, wirst du auch getötet. Vielleicht nicht in diesem gegenwärtigen Leben, vielleicht im nächsten oder in einem der nächsten. Du und auch alle anderen werden die verdienten Belohnungen erhalten. Wenn du Gutes tust, bekommst du wieder Gutes. Wenn du Schlechtes machst, verdienst du Schlechtes. So einfach ist das. Und sobald du das weißt und Verantwortung für deine Aktivitäten übernimmst, hast du große Macht darüber, wie dieses Leben und deine kommenden Leben durch die göttlichen Regeln des Universums belohnt werden, Aiden. Und das ist alles für heute. Denke genau darüber nach - und wenn du Zweifel hast, ist es in Ordnung. Während deiner gesamten Ausbildung hier wirst du immer mehr verstehen. Sei einfach offen. Das ist alles, was ich von dir verlangen möchte, Aiden. Der Rest kommt, wenn es dafür Zeit sein wird.“

„Sir, das war heute ein interessantes Gespräch. Ich möchte Ihnen dafür danken und werde wirklich darüber nachdenken. Jetzt möchte ich in mein Zimmer gehen, um mir darüber Gedanken zu machen, was Sie mir gesagt haben, Sir“, sagte Aiden, bevor er die Schulungssitzung verlassen konnte.

Am nächsten Tag fragte Aiden Donal unter Bezugnahme auf das Karma-Thema: „Es gibt eine Sache bei Karma, die ich nicht verstehe, Sir. Wenn wir geboren werden, haben wir keine Erinnerung an unsere vergangenen Leben. Wie kann es sein, dass wir immer noch Verantwortung für Dinge tragen, die wir in einem früheren Leben getan haben, wenn wir uns nicht einmal an sie erinnern? Welchen Sinn macht das? Das erscheint mir nicht logisch. Können Sie mir das bitte erklären?“

„Ja, ich verstehe deinen Standpunkt, Aiden“, begann Donal zu erklären. „Wenn wir geboren werden, können wir uns nicht erinnern, was wir zuvor in früheren Leben getan haben, das ist wahr - mehr oder weniger. Wir kommen jedoch mit unserem einzigartigen und individuellen Charakter, wenn wir geboren werden. Und dieser Charakter ist ein Spiegel aller Dinge, die wir in unseren früheren Leben durchlebt haben. Obwohl wir uns nicht an diese Dinge erinnern, tragen wir die Früchte unserer Entwicklung in unserem Charakter, und das hilft uns, unsere ewige Reise fortzusetzen, basierend auf dem, was wir bereits gelernt haben. Durch all diese Dinge, die wir erleben und lernen, bauen wir unser einzigartiges Wissen auf, unsere einzigartigen Gefühle für bestimmte Situationen, kann man sagen. Alles in allem baut dies unser Gewissen auf. Es gibt Dinge, vor denen wir Angst haben, zum Beispiel, wenn wir zuvor durch Ertrinken im Wasser gestorben sind, haben wir Angst vor dem Meer oder fühlen uns unwohl, in einem See zu schwimmen. Und so wie wir eine innere Erinnerung an unsere Todeserfahrungen in Form von Ängsten behalten, die wir nicht erklären können, so behalten wir zum Beispiel auch die guten Erinnerungen, jene Dinge, die uns vertraut und angenehm erscheinen. Wenn wir zum Beispiel bereits in einem früheren Leben Musiker gewesen wären, könnten wir mit einem Talent für Musik oder einer Vorliebe dafür geboren werden. Irgendwo in uns tragen wir immer noch die Erinnerung und die Früchte unserer vergangenen Leben. Und während du Fortschritte in deiner Ausbildung machst, Aiden, wird der Tag kommen, an dem du beginnst, dich an immer mehr dieser verborgenen Schätze zu erinnern, die du in dir trägst."

Die Kraft des Lichts

Cassidy begann Aiden nach seinem dreizehnten Geburtstag zu unterrichten. Ihre Aufgabe war es, ihn in die Fähigkeiten der Heilung von Menschen einzuführen. Der grundlegende Teil hierfür bestand erneut darin, einige Meditationen durchzuführen, die speziell darauf abzielten, Wissen und innere Weisheit für die Heilungsaktivitäten zu initialisieren. Außerdem lernte Aiden die Grundlagen des menschlichen Körpers, wo sich die Organe in einem Körper befinden und welche körperliche Aufgabe jedes Organ hat. Auch die geistigen Aufgaben der Organe wurden Aiden erklärt. Er lernte, dass die Gefühle eines Menschen im Herzen, in der Mitte des Körpers, platziert sind, da dies eine zentrale Aufgabe ist. Er erfuhr, dass Nieren eine Beziehung zur Partnerschaft haben und dass es wichtig ist, dass beide zusammenarbeiten, um ihre Aufgaben zu erfüllen, da Menschen zwei Nieren haben. Die Aufgabe der Leber ist es, den Körper von allen Arten von Gift zu reinigen, sei es Alkohol oder Giftstoffe aus Pflanzen oder was auch immer. Wut liegt auch in der Leber. Magen und Darm müssen alles verdauen und alle nützlichen Dinge herausfiltern, sogar Eindrücke, die wir aus unserem Leben bekommen. Die Wirbelsäule ist das Rückgrat unseres Lebens, sie trägt das Gewicht unseres Körpers und unserer geistigen Verpflichtungen. Jedes Organ hat eine physische und eine metaphysische oder mentale Aufgabe.

Obwohl Cassidy mit all den Erklärungen vorsichtig war und eine wirklich gute Lehrerin, war Aiden nicht begeistert von all dem Zeug. Er war oft gelangweilt und hatte kein wirkliches Interesse an Krankheiten oder den Ursachen dafür.

Da dieser Teil für Aidens Ausbildung wichtig war, fuhr Cassidy mit großem Einfühlungsvermögen fort, so viel Wissen wie möglich an Aiden zu übertragen. Und nach diesen organbezogenen Sitzungen begann sie Aiden beizubringen, mit

Licht zu arbeiten, um Heilungsenergien auf kranke oder geschwächte Organe zu übertragen.

In einer der Meditationen führte sie Aiden so, dass er sich einen Lichtball vorstellen sollte. Er musste die Energie des Balls in seiner Vorstellung mit seinen Händen spüren, sich auf den Ball konzentrieren und ihn dann verwenden, um einen Teil seines Körpers die Energie des Balls empfangen zu lassen, um seine Wirkung zu spüren. Aiden fühlte sich nach dieser Meditation erholt. Andererseits war er nicht überrascht, da er sich zuvor schon gesund gefühlt hatte und er wirklich nicht sehr an diesem Zeug interessiert war.

Er war aufmerksam für alles, was ihm von Cassidy beigebracht wurde, aber nicht neugierig.

Eines Tages am Esstisch schlug Ciara Aiden vor, diese Energie gegen Callahan einzusetzen, da sie aus früheren Gesprächen mit Aiden erfahren hatte, dass er immer noch ein Problem mit dem Bürgermeister hatte. „Wenn du den Ball verwendest, den du dir vorstellst, um einer Person Heilungsenergie zu bringen, kannst du auch einen Ball erstellen, der die Energie einer Person aufnimmt, um zu schwächen oder eine Krankheit zu verursachen, Aiden", erklärte Ciara. „Und da du ein Problem mit Callahan hast, könntest du leicht versuchen, ihn auf diese Weise für jede schlechte Sache zu bestrafen, die er dir jemals angetan hat."

Aiden hatte keine große Chance, darüber nachzudenken, weil Darcy spontan unterbrach: „Versuch das besser nicht einmal, Aiden. Du solltest dein Heilungswissen nicht nutzen, um jemandem Schaden zuzufügen. So soll es nicht sein!"

„Ja, aber es ist möglich!", beharrte Ciara. „Und Callahan würde eine kleine Strafe verdienen!"

„Sicher, das mag wahr sein", sagte Darcy, „aber wie wir alle wissen, sind diese Aktivitäten immer mit unserem eigenen Karma verbunden. Wenn wir schlechte Dinge tun, kommen sie zu uns zurück und schaden uns auch. Ich brauche diese Scheiße nicht, da ich selbst schon genug Probleme habe, also würde ich niemandem empfehlen, diesen dunklen Weg zu versuchen!"

Aiden hörte der Diskussion dieser beiden jungen Damen aufmerksam zu, die bereits viel mehr Stunden Unterricht hatten als er. Er konnte nur aus ihren Erfahrungen lernen und war von der Idee inspiriert, dass diese Fähigkeiten noch mehr Potenzial hatten, als er von Cassidy unterrichtet wurde. Das erregte irgendwie seine Aufmerksamkeit.

In einer der nächsten Sitzungen mit Cassidy lernte Aiden die Verbindungen von Geist, Seele und Körper kennen. „Aiden, du solltest wissen, dass wir Menschen nicht nur unser Körper sind", erklärte Cassidy ihm. „Wir sind spirituelle Wesen in einem menschlichen Körper. Im Wesentlichen geht es um die Erfahrung unserer spirituellen Inkarnation, die wir durch unseren physischen Zustand in diesem menschlichen Körper erhalten. Wir werden lebendig mit dem Ziel zu erfahren, was es bedeutet zu leben, kreativ teilzunehmen, etwas mit unserem Leben zu machen, das uns einen Sinn gibt, einen Grund, der der Schöpfung etwas zurückgibt, um unser Leben wertvoll zu machen. Und es geht um unsere Seele. Während wir das Leben erleben, haben wir viele Möglichkeiten, Dinge falsch oder schlecht zu machen. Karma führt uns immer zurück zu dem, was wirklich wichtig ist. Wenn wir Schlechtes tun, bekommen wir Schlechtes zurück und haben dann die Chance zu verstehen, was schlecht ist. Wenn wir schließlich viele gute und schlechte Erfahrungen gesammelt haben, würden wir sehen, dass es im Leben eher um Positivität, Schöpfung und Liebe geht als um Destruktivität, Gier oder Hass. Wenn wir ein friedliches, liebevolles und erschaffendes Leben führen, dann erfüllt uns das mit Freude und einem göttlichen Geisteszustand. Und das ist gut für unsere Seele. Egal wie schwer unser Leben manchmal sein mag, wenn wir wieder auf einen positiven Boden zurückkehren, nähern wir uns dem, was uns glücklich macht. Also - wenn wir auf einem guten Kurs sind, ist unsere Seele damit einverstanden. Wenn wir Dinge falsch machen, gegen unseren Zweck oder gegen die Bedürfnisse unserer Seele, finden Krankheiten einen fruchtbaren Boden, um in uns zu wachsen. Und Krankheit beginnt auf der spirituellen Ebene, sinkt dann langsam in den Körper ein und wir fühlen sie auf der physischen Ebene. Wann immer wir ein Problem mit den Organen des Körpers sehen, ist dies ein Zeichen dafür, dass wir die spirituellen Zeichen übersehen haben und uns nicht genug gefragt haben, ob wir noch auf einem guten Weg für unsere Seele sind. Wenn wir jetzt ein physisches Problem haben, haben wir die Möglichkeit, dieses Problem auf der spirituellen Ebene zu beheben. Wenn wir den Grund der Krankheit, die Forderung unserer Seele, verstehen, wenn wir die Zeichen interpretieren können, haben wir die Chance, den Körper zu heilen und in einen gesunden Zustand zurückzukehren. Es ist komplex und es hilft, wenn du versuchst, die verschiedenen Zusammenhänge, die die Krankheit ursprünglich verursacht haben könnten, so gut wie möglich zu verstehen. Kannst du dem folgen, Aiden?"

„Ich weiß es nicht", gab Aiden zu, „da dies so viele Informationen sind und ich denke, dass ich das Thema noch nicht vollständig verstehe. Vielleicht, wenn du mir einige Beispiele geben könntest, bitte?"

„Ja sicher. Nehmen wir an, jemand hat gemeinsam mit anderen eine Arbeit zu erledigen. Und was auch immer er tut, er wird andauernd kritisiert, es gibt keinen einzigen Tag, an dem ihm gesagt würde, dass er gute Arbeit geleistet hat. Was denkst du, wird mit diesem Menschen passieren?", fragte Cassidy.

„Ich glaube, da dies für diesen Menschen jeden Tag sehr unangenehm ist, könnten ihm viele unangenehme Gedanken über seine Arbeit, über die anderen, die mit ihm arbeiten, über die schlechte Beziehung zu ihnen einfallen. Mit all dem sollte er viel Trauer haben und wird überhaupt nicht glücklich sein. Ich kann mir vorstellen, dass er seinen Appetit verlieren oder Probleme mit seinem Magen bekommen könnte, da es schwierig ist, all die schlechten Eindrücke seines Lebens bei der Arbeit zu verdauen. Macht das Sinn?“, fragte Aiden.

„Ja. Das macht für mich Sinn“, stimmte Cassidy zu. „Ein anderes Beispiel könnte sein, wenn eine Frau mit einem Mann in einem Haus zusammenlebt, in dem sie den Haushalt erledigt, kocht, jede Arbeit macht, die zu Hause erledigt werden muss, und der Mann abends nach Hause kommt und sich immer über alle möglichen Sachen beschwert. Was denkst du, passiert mit der Frau, Aiden?“

„Nun, das ist eine andere unangenehme Situation. Es ist schwer, sich glücklich zu fühlen oder Freude zu haben, wenn man immer kritisiert wird, also würde ich annehmen, dass auch hier Krankheit auf dem Weg sein könnte. Wenn sie im Haus die gleiche Luft wie ihr Mann atmet, könnte sie mit ihren Lungen krank werden, um ihr anzuzeigen, dass sich die Seele gegen das Zusammenleben mit einem so schlechten Mann auflehnt. Vielleicht besteht ihre Aufgabe darin zu verstehen, dass es wichtig ist, dass sie nicht nur für einen so schlechten Mann arbeitet, sondern für sich selbst handelt, um ein besseres Leben zu führen. Da die Nieren die Organe der Partnerschaft sind, könnte sie dort auch ein organisches Problem bekommen. Und wenn sie Schwierigkeiten hat, sich von diesem Mann zu trennen, bekommt sie möglicherweise Probleme mit ihrer Blase, da sie nicht loslassen kann“, vermutete Aiden.

„Ja, all das könnte passieren, Aiden, sehr gute Gedanken von dir“, bestätigte Cassidy. „Es ist wichtig zu wissen, dass bei zehn Menschen mit demselben Problem möglicherweise zehn verschiedene Arten von Krankheiten auftreten. Das macht die Dinge komplex und erfordert ein gutes Verständnis von dir, um die Situation jedes einzelnen Menschen und die Reaktion ihrer Seelen zu erfassen. Menschen könnten auch spezifische familiäre Schwächen haben. Einige Familien haben immer Probleme mit der Lunge, andere mit Knien oder mit Herzen. Das könnte zu unterschiedlichen Ergebnissen führen, bei denen die Seele zeigt, dass etwas schief geht. Und außerdem ist es immer ein individueller Weg, den Menschen gehen, so dass die Anzeichen von Krankheit unterschiedlich sind, selbst wenn Sie ähnliche Situationen oder Probleme haben, die die Krankheit verursachen. Deshalb ist es für dich, Aiden, wichtig, dass du ein Gespür für diese Komplexität, für die Individualität entwickelst und vielleicht einen Weg findest, dich mit den Seelen der Menschen zu verbinden und deine Informationen direkt aus der Quelle zu beziehen. Das erfordert Sensibilität und Empathie. Und das kannst du durch deine Meditationspraxis in dir wachsen lassen, Aiden. Das ist eine äußerst hilfreiche Methode, um deine geistigen Fähigkeiten freizusetzen und deine Sinne für subtile Zeichen zu schärfen."

„Ja, ich habe bereits bemerkt, dass meine Meditationen mir helfen, sensibler für Dinge zu werden, die ich vorher in meinem Leben nicht bemerkt hatte. Manchmal habe ich den Eindruck, dass ich fühle oder weiß, was andere Menschen fühlen. Oder ich spüre es, wenn mich jemand anlügt. Das ist so seltsam und irgendwie extrem hilfreich für mich. Normalerweise erzähle ich den Menschen nicht, was ich in diesen Momenten spüre oder weiß, aber es hilft mir, Situationen mit Menschen besser zu verstehen. Insgesamt finde ich das bemerkenswert interessant", gab Aiden zu.

In den kommenden Tagen unterrichtete Cassidy Aiden weiter. „Bei unserem nächsten Thema, das eng mit der

Gesundheit des Menschen zusammenhängt, werden wir über die Natur sprechen. Wie du dir vorstellen kannst, Aiden, werden wir als Menschen seit Tausenden von Jahren in eine Welt hineingeboren, die sich in einer natürlichen Harmonie befindet. Als dieser Planet zum Leben erweckt wurde, waren die ersten Dinge, die sich aus dem Ausgangsmaterial entwickelten, die Mineralien, dann erschienen erste lebende Organismen. Pflanzen wuchsen und verbreiteten sich über die Oberfläche dieses Planeten, im Wasser und außerhalb. Und, ebenfalls im Wasser, kamen mit der Zeit die ersten kleinen organischen Organismen an, die sich zu Tieren aller Art entwickelten. Dann kamen die ersten Menschen. Wir sehen also, wir waren nicht von den ersten Tagen an hier, sondern sind zu einem Zeitpunkt gekommen, an dem sich die Natur bereits seit Jahrhunderten, seit Tausenden von Jahren um alle Arten von Lebewesen auf diesem Planeten gekümmert hatte. Und wie du dir vorstellen kannst, Aiden, da die Natur das Leben auf diesem Planeten weiterhin unterstützte, war alles in einer stabilen Harmonie miteinander. Und jetzt kommt der Punkt: Immer wenn etwas schief geht, versucht die Natur, es wieder in die Linie, in die Harmonie zu bringen. Uns ist bekannt, dass die Natur, wenn ein Mensch an einer Krankheit leidet, eine Pflanze wachsen lässt, um diesem Menschen zu helfen, sich zu erholen. Es ist eine Regel, eine natürliche Regel, die Dinge wieder in Einklang zu bringen. Nehmen wir also an, jemand hat ein Problem mit seinen Knochen. Es ist sicher, dass eine Pflanze, die zur Heilung dieses Problems beiträgt, in der Nähe wächst, wo diese Person lebt. So einfach ist das. Die Leute sollten darauf achten, was in ihrem Garten wächst, würde ich sagen. Denn - wenn es ein neues körperliches Problem gibt, eine neue Krankheit, ist es normal, dass im Garten eine neue Art von Pflanze gefunden wird. Wenn du das weißt, wirst du mit der Zeit erfahren, welche Pflanze für welche Krankheit gut ist. Das ist gut für Leute, die keine anderen Mittel haben, um etwas darüber zu lernen. Sobald du in der Lage bist, mit Pflanzen zu kommunizieren, oder sagen wir, mit den Entitäten, die für Pflanzen verantwortlich sind, wie zum Beispiel Devas, kannst du direkt alle Arten von hilfreichen Informationen über jede Art von Pflanze erfragen und erhalten, an denen du interessiert bist. Ich bin mir nicht sicher, ob du etwas über die Bibliothek von Alexandria weißt. Sie enthielt viel wertvolles Wissen über alle Arten von Themen, die für uns Menschen von großem Interesse sind. Ein riesiges Feuer brannte diese Bibliothek nieder. Und die Leute glauben immer noch, dass alle Schätze in dieser Bibliothek im Feuer verloren gegangen sind. Und jetzt ist hier der Punkt: Alle Informationen über Pflanzen, die Menschen in Tausenden von Jahren gesammelt haben, können niemals verloren gehen, da die Pflanzen selbst dieses Wissen tragen. Es geht nur darum zu lernen, wie man dieses Wissen erfragt und wieder erhält. Sobald du das tun kannst, geht nichts verloren. Und dies ist ein Teil dessen, was wir für jene Menschen tun, die keine solche Verbindung zu Devas oder Pflanzen haben", erklärte Cassidy. Nach einer kurzen Pause fuhr sie fort: „Nun, wenn du weißt, dass die Natur, wenn es eine Person mit einer bestimmten Krankheit gibt, eine bestimmte Pflanze in der Nähe wachsen lässt, um die Krankheit zu heilen, kannst du verstehen, dass und wie die Natur sich bemüht, die Dinge immer zurück in Harmonie und Gleichgewicht zu bringen."

„Wow", sagte Aiden. Er war wirklich beeindruckt, weil er gerne in der Natur war, durch nasses Gras ging, Insekten und andere Tiere und alles Lebendige dort draußen beobachtete. Und er hat nie über die Möglichkeit nachgedacht, dass die Natur noch mehr Sinn oder Intelligenz hat, als er jemals erwartet hätte. Er fühlte sich jetzt noch mehr mit der Natur verbunden. Und er verspürte ein wachsendes Interesse in sich selbst, mehr über diese Geheimnisse der Pflanzen zu erfahren und zu erfahren, was diese tun könnten.

„Wann werde ich lernen, mit Devas zu sprechen, Cassidy?", wollte Aiden wissen.

„Nun, das wird Teil deiner Ausbildung sein, die du von Ide bekommen wirst. Sie ist diejenige, die mit allen Arten von Wesenheiten in der Natur kommuniziert und sie wird dir beibringen, wie das geht. Du musst geduldig sein, da es noch nicht Zeit dafür ist, aber es wird Teil deiner Lerninhalte hier sein, und es ist wichtig", sagte Cassidy.

Beim Abendessen saß Aiden wieder zusammen mit Darcy und Ciara an einem Tisch und erzählte ihnen von dem Thema der Pflanzen, das er heute von Cassidy gelernt hatte.

„Ja, weißt du, Aiden", begann Ciara, „dass Pflanzen sogar deine Gedanken lesen können? Wenn du sie bedrohst oder beleidigst, können sie sogar sterben, nur aufgrund deiner Gedanken."

„Warum sollte jemand Pflanzen töten, Ciara?", fragte Darcy. „Das ist dumm und nicht schön!"

„Wenn du jemanden hasst, kannst du seine Pflanzen töten - nur mit deinen Gedanken. Das ist es, wofür es gut ist, verstehst du?", antwortete Ciara. „Meine Mutter hat mir das gesagt. Sie hat bereits viele Pflanzen im Garten unserer Nachbarn getötet. Ein falsches Wort von dieser dummen Schlampe da drüben und sie hat keinen Salat mehr", sagte Ciara mit einem teuflischen Lächeln im Gesicht.

„Das ist nicht lustig!", antwortete Darcy. „Ich könnte sagen, deine Mutter ist eine Hexe, eine schlechte - aber das sage ich nicht, da ich dich oder sie nicht beleidigen will. Aber ich kann dem überhaupt nicht zustimmen. Es ist widerlich für mich."

Aiden dachte über die Idee nach, Callahans Pflanzen zu töten und er erwischte sich dabei, ein Lächeln im Gesicht zu haben, dann musste er sich eingestehen, dass Darcy Recht hatte. Alles, was er bereits über Karma gelernt hatte, würde dringend empfehlen, niemals daran zu denken, jemals Pflanzen in einem Garten zu töten.

„Ich denke, man sollte keine Pflanzen verletzen oder töten, die nur Menschen helfen. Das wäre, als würde man die Unschuldigen für etwas bestrafen, das sie nicht getan haben“, kommentierte Aiden.

„Ach, was weißt du denn schon?“, sagte Ciara und war eingeschnappt.

Geister der Toten

Mit Aidens vierzehntem Geburtstag begann Bridget ihn zu unterrichten, wie man mit spirituellen Wesenheiten in Kontakt tritt und wie man mit Geistern toter Menschen kommuniziert. Es war das nächste Kapitel auf Aidens Weg, ein Magier zu werden, und er fühlte sich ein wenig unwohl bei dem Gedanken, mit den Toten zu sprechen.

„Wie du bereits weißt, Aiden", begann Bridget mit ihren Erklärungen, „haben alle Wesen auf unserem Planeten Erde einen physischen Körper und spirituelle Körper. Der spirituelle Hauptkörper ist allgemein als die Seele oder als der Astralkörper bekannt. Manche Menschen sehen die Geister zum Beispiel, wenn Verwandte in ihren Häusern verstorben sind. Das ist normalerweise eine Erscheinung des Astralkörpers der Person, die gestorben ist. Wir haben auch viele verschiedene Formen von Geistern oder spirituellen Wesenheiten um uns herum, die manchmal Menschen beeinträchtigen, da sie die Ursache für einige gruselige Ereignisse sein können." Nach einer kurzen Pause fuhr Bridget fort: „Es ist wichtig, dass du verstehst, Aiden, dass dies alles völlig normal und natürlich ist. Es ist gruselig für Leute, die keine Erfahrung mit Geistern oder Wesenheiten haben. Wenn du nach einiger Zeit Erfahrung hast, ist alles natürlich und das Gespräch mit einem Geist ist ganz genau dasselbe, als ob du mit einer lebenden Person kommunizierst. Weißt du, wenn jemand stirbt, wird der Astralkörper vom physischen Körper befreit. Das Bewusstsein des Menschen ist immer noch im Astralkörper vorhanden. Die Person ist jetzt auf einer spirituellen Ebene, wird normalerweise von den Lebenden nicht mehr gesehen, wird nicht gehört, kann nicht mehr mit ihnen kommunizieren. Wenn diese Person vor ihrem Tod ein Problem hatte, kann dies zu Schwierigkeiten führen, häufig in Kombination mit Verwirrung, wenn der persönliche Tod nicht richtig akzeptiert oder anerkannt wird. Diese Seelen könnten nicht in den Lichttunnel gehen, der normalerweise erscheint, um die Astralkörper der Verstorbenen in ihre geistige Heimatwelt zurückzubringen. Wenn solche Personen als Geist in dieser Zwischenwelt bleiben, können sie sich tatsächlich gruselig verhalten. Sie können Menschen oder Dinge schubsen, nur um den Lebenden bewusst zu machen, dass sie noch hier sind und irgendwie leben. Aber wenn die Lebenden nicht verstehen, was los ist, und nicht versuchen, mit dem Geist zu kommunizieren, werden sie noch frustrierter. Das kann dazu führen, dass einige Geister seit Jahrhunderten hier sind, was bei den Lebenden zu Verwirrung führt, während sie selbst auch verwirrt sind. Diese Geister können wirklich von der Hilfe profitieren, die sie von Menschen wie uns erhalten, Aiden. Wenn wir mit ihnen kommunizieren, können wir versuchen herauszufinden, wo ihr Problem liegt, und dann helfen, eine Lösung für ihr Problem zu finden. Wenn es uns gelingt, könnten diese Geister bereit sein, ins Licht zu treten und richtig nach Hause zu gehen. Dann haben wir ihnen einen großen Gefallen getan und auch den Lebenden, die vielleicht unter der Anwesenheit eines solchen Geistes gelitten haben."

„Wow, das ist schräg", sagte Aiden überrascht und interessiert, „und wie machen wir das? Wie können wir mit diesen Geistern sprechen?"

„Der erste Schritt ist, dass du dich in einen Zustand wie in einer Meditation versetzt. Beruhige deinen Geist, beruhige deine Gedanken und bitte den Geist höflich um ein Gespräch. Betrachte den Geist oder eine andere Entität, die du dort haben könntest, genau wie einen normalen Menschen, mit all seinen Vorkenntnissen, natürlich mit all seinen früheren Gefühlen, Fähigkeiten und Einschränkungen. Sprich mit dem Geist mit einer liebevollen und verständnisvollen Haltung. Dies wird am meisten dazu beitragen, eine gute Grundlage für deine Kommunikation zu schaffen. Und denke bitte daran, und dies ist besonders wichtig, immer zuerst einen Schutz zu schaffen, bevor du versuchst zu kommunizieren. Schütze dich, Aiden", warnte Bridget.

„Wie mache ich das?", wollte Aiden wissen.

„Du erzeugst einen Lichtball um deinen Körper, egal ob du sitzt oder stehst, du stellst dir vor, du befindest dich in einer Lichtblase. Nimm am besten violettes Licht und stell dir vor, dass du durch diese Lichtblase sicher und geschützt bist und dass nichts durchkommen kann, was dir Schaden oder Probleme verursachen würde. Nur gute Dinge können durch diese Blase kommen. Wenn du das in deiner Vorstellung hast, kannst du anfangen, mit dem Geist zu sprechen. Und dafür ist es völlig ausreichend, wenn du denkst, was du kommunizieren möchtest. Du musst nicht laut sprechen, es reicht aus, wenn du denkst, was du sagen oder fragen möchtest. Jeder Geist kann deine Gedanken lesen - wenn du es zulässt. Und für eine solche Kommunikation erlauben wir das natürlich. Dann – wenn du einen friedlichen und liebevollen Geisteszustand hast – wird dies der Seele des Toten, dem Geist, Vertrauen bringen, und es macht es wahrscheinlicher, dass ein gutes Gespräch stattfinden wird. Sei offen für das, was der Geist dir sagt, versuche zu verstehen, was er erzählen möchte und wie er sich in der Situation fühlt, über die ihr sprecht. Je mehr Verständnis du dir selbst erlauben kannst, desto mehr Vertrauen wird dies dem Geist bringen. Und das ist dann eine gute Voraussetzung, um jedes Problem für den Geist zu lösen, das ihn deprimieren könnte. Was als nächstes kommt, ist einfach dein Gespräch mit dem Geist. Du kommunizierst, fragst nach Informationen, gibst Antworten zurück, wenn du glaubst, dass sie helfen, und versuchst, das Problem zu lösen. Das ist so ziemlich alles. Es ist erstaunlich einfach, wenn du erst einmal verstanden hast, wie das gemacht wird. Es ist keine Hexerei", sagte Bridget mit einem Lächeln im Gesicht. „Und nach deinem Gespräch besteht der nächste Schritt darin, eine

Säule oder Kugel oder einen Tunnel aus Licht zu schaffen und die spirituelle Welt um Hilfe zu bitten, um den Geist auf die andere Seite zu führen. Wenn der Geist sich widersetzt, lass es. Wir zwingen niemals einen Geist zu irgendetwas. Das ist wichtig, Aiden. Wir haben immer einen friedlichen und liebevollen Geisteszustand und respektieren es voll und ganz, wenn der Geist unsere Lösungsversuche nicht akzeptiert. Solltest du jemals in eine Situation geraten, die du nicht mit einem friedlichen und liebevollen Gemüt lösen kannst, bitte mich um Hilfe. Versuche niemals, etwas zu erzwingen. Es ist so wichtig, eine Vertrauensbasis zu haben, das ist deine einzige Chance, mit einem Geist zu sprechen und zu kommunizieren, und nur wenn du das Vertrauen dazu hast, kannst du eine Einigung erzielen. Ohne Vertrauen, mit etwas anderem als Frieden und Liebe, wirst du nur Widerstand bekommen und mit einem unsichtbaren Gegner kämpfen. Das willst du wirklich nicht, glaub mir."

Als Aiden sich am nächsten Tag mit Bridget traf, um seine Ausbildung fortzusetzen, fragte er sie: „Bridget, da wir gestern über das Reden mit den Geistern oder Seelen von Toten gesprochen haben, und da ich nichts darüber gehört habe, was mit meinem Vater Owen passiert ist, denkst du, dass es möglich sein könnte, dass wir ihn kontaktieren? Es sollte funktionieren, falls er wirklich tot ist. Was denkst du?"

„Ja, das ist ein interessanter Gedanke von dir, Aiden. Lass es uns versuchen", stimmte Bridget zu. Dann führte sie Aiden in eine Meditation, um seinen Geist zu beruhigen und sich für die Kommunikation mit der Seele seines Vaters Owen zu öffnen. Bevor sie versuchten, diese Kommunikation herzustellen, erinnerte Bridget Aiden daran, sich einen Ball aus violettem Licht um seinen physischen Körper vorzustellen, der Aiden während der Sitzung vor jeglichen schlechten Einflüssen schützen sollte. Dann versuchte Bridget, Owens Seele zu kontaktieren: „Owen, Vater von Aiden aus Galway, Ehemann von Teagan, bitte komm zu uns und sprich mit uns. Owen, bitte triff dich mit uns, damit wir dir einige Fragen stellen können." Dann sagte Bridget zu Aiden: „Nun, Aiden, um unsere Sitzung zu unterstützen, stell dir bitte vor, wie dein Vater Owen vor deinen Augen erscheint. Bitte stell dir vor, dass die Seele deines Vaters Owen zu uns kommt und mit uns spricht." Nach einer kurzen Pause fuhr sie fort: „Was siehst du, Aiden? Kannst du deinen Vater sehen?"

„Nein, ich sehe meinen Vater nicht, da ist nichts", antwortete Aiden. „Warum ist das so?"

„Ich sehe ihn auch nicht, Aiden. Vielleicht ist dein Vater nicht tot oder er kann einfach nicht kommen oder will nicht mit uns reden. Wir können es nicht erzwingen. Wir müssen es akzeptieren. Lass uns etwas anderes ausprobieren, da wir bereits hier sind", schlug Bridget vor und sie sprach weiter: „Vater von Owen, Großvater von Aiden aus Galway, bitte komm zu uns und sprich mit uns. Vater von Owen, wir möchten dir bitte einige Fragen stellen."

Aiden war sich nicht sicher, ob sein Eindruck real oder nur eine Fantasie war, als er die Seele seines Großvaters in seiner Vorstellung erscheinen sah. Er trug ein Leinenhemd, Lederhosen und Stiefel. Aiden erkannte seinen Großvater sofort, obwohl er ihn schon Jahre seit seinem Tod nicht mehr gesehen hatte.

„Können wir dich bitte fragen: Hast du gesehen, wie dein Sohn Owen in deine Welt kam, ist er im Jenseits bei dir?", wollte Bridget wissen.

„Soweit ich das beurteilen kann, ist Owen nicht hier. Es war seltsam, da ich ihn ein paar Mal erscheinen und verschwinden sah, aber er blieb nicht hier, soweit ich das beurteilen kann. Mein Eindruck war, dass ihn etwas ins Jenseits drängte und er dann wieder zurückgezogen wurde. Ich habe so etwas noch nie gesehen. Aber derzeit ist Owen nicht hier", sagte Aidens Großvater.

„Vielen Dank, Sir, für das Gespräch mit uns. Hast du bitte auch eine Nachricht für deinen Enkel Aiden?", wollte Bridget wissen.

„Ja sicher. Aiden, ich bin froh zu sehen, dass du deinen Weg fortsetzt, um etwas über spirituelle Praktiken und Magie zu lernen, und ich bin stolz auf dich, dass du darin Ausdauer zeigst. Lass mich eins sagen, Aiden: Was auch immer deinem Vater passiert ist, bitte wisse, dass alles in Ordnung ist. Es gibt keinen Grund zur Sorge, da Owen nur gute Dinge passieren können. Wo immer er jetzt ist, ob er lebt oder tot ist, ich bin sicher, dass dies das ist, was der göttliche Plan für ihn vorgesehen hat, und Owen macht wie immer das Beste daraus. Du siehst, Aiden, selbst wenn wir uns herausfordernden Situationen gegenübersehen, besteht für uns ein hohes Potenzial und eine hohe Möglichkeit, selbst zu lernen und zu wachsen. Auch wenn wir die Dinge nicht für gut halten, tragen sie auch Gutes mit sich, und wenn es nur die Chance für uns ist, daraus zu lernen. Anstatt auf deine Hindernisse zu schauen, Aiden, suche immer nach den Chancen, aus allem zu lernen, was du beobachtest. Setz dein Lernen fort, damit du mit der Zeit immer mehr verstehst."

„Danke, Opa!", sagte Aiden. „Wie ist es, tot zu sein?"

Aidens Großvater antwortete: „Was du tot nennst, ist das Leben für mich. Eines Tages wirst du wissen, wie das ist. Ich möchte dir nicht die Erfahrung vorwegnehmen, die du in deinem Sterben machen wirst, Aiden. Deshalb werde ich dir nicht mehr darüber erzählen, wie es ist. Versuche einfach, dass du die Chance bekommst, mit klarem Verstand zu sterben. Versuche nicht, deinen Geist mit Alkohol oder anderen Giften zu betäuben. Der Prozess des Sterbens kann eine so interessante Erfahrung sein, obwohl es dich erschrecken könnte, dass du niemals die Chance verpassen solltest, vollständig zu verstehen, wie es sich anfühlt, wenn es dir passiert."

„Das ist gruselig und seltsam, Opa. Ich bin noch so jung; Ich hoffe, dass ich noch einige Jahrzehnte weiterleben kann. Ich werde glücklich sein, wenn wir wieder zusammen sind, Opa, aber es kann warten. Ich vermisse meinen Vater und ich vermisse dich auch. Mein Problem ist vorerst, dass ich nicht weiß, was mit meinem Vater passiert ist. Ich weiß, dass du gestorben bist, Opa. Das gibt mir Ruhe. Aber für meinen Vater habe ich diesen Frieden noch nicht gefunden. Deshalb hatte ich gehofft, du könntest mir helfen", erklärte Aiden.

„Alles wird so, wie es vorgesehen ist, Aiden. Alles hat einen Sinn und wenn du in allen Dingen nach dem Sinn suchst, hast du vielleicht eines Tages die Chance, ihn zu verstehen. Und vielleicht - wenn du deine Ausbildung fortsetzt, findest du vielleicht auch einen Weg, dich wieder mit deinem Vater zu verbinden, Aiden. Heute hast du mit mir gesprochen, obwohl ich schon tot bin. Eines Tages könntest du vielleicht mit deinem Vater Owen sprechen, egal ob er tot oder lebendig ist. Solange er vermisst wird, sei zuversichtlich, dass du die Chance hast, ihn zu finden, Aiden. Schau weiter, lerne weiter. Ich liebe dich, mein Enkel", sagte Aidens Großvater.

„Ich liebe dich auch, Opa. Vielen Dank für dein Gespräch! Auf Wiedersehen!", antwortete Aiden, dann sah er, wie die Seele seines Großvaters wieder verschwand. Aiden und Bridget öffneten langsam die Augen, nachdem sie tief durchgeatmet hatten.

„Wow, danke Bridget, für diese wundervolle Erfahrung. Es ist nicht so gruselig, mit den Toten zu reden, wie ich gedacht hatte", gab Aiden zu. Bridget lächelte und nickte.

1477 – Colombo

An Aidens fünfzehntem Geburtstag nahm Donal ihn beiseite und sagte: „Aiden, es gibt wichtige Neuigkeiten, die ich gerne mit dir teilen möchte. Du bist jetzt in einem Alter und wir haben Dinge vor uns, die mich dazu drängen, dir etwas sehr Wichtiges zu sagen. Wir haben die Nachricht erhalten, dass Seeleute aus Lissabon auf dem Weg in die nördliche See sind, um Atlantis zu erkunden und zu finden. Cristoforo Colombo ist der Kapitän des Schiffes und wir glauben, er hat irgendwie Kenntnis von einigen alten Dokumenten erlangt, die auch dein Vater Owen studiert hat. Ich glaube, das ist der Grund, warum Cristoforo auf seiner Suche nach Gold und Wohlstand seinen Weg nach Galway finden wird, da diese Dokumente einige geheime Fakten über den Orden der Templer beschreiben, der 1307 vor einhundert und siebzig Jahren hier gelandet ist."

„Was ist der Orden der Templer?", wollte Aiden von Donal wissen.

„Die Templer waren Ritter. Ihre Aufgabe war es, die religiösen Pilger im Heiligen Land, in dem Christus geboren wurde, zu beschützen. Diese Ritter waren im Tempel von Salomon stationiert, wo die Geschichte erzählt, dass sie geheime Dokumente und andere Dinge gefunden hatten, die sie sehr reich machten. Als dann der Papst und der König von Frankreich neidisch auf sie wurden, wurden die Templer gejagt und getötet. Einige von ihnen konnten fliehen, und einige von diesen kamen nach Galway. Mein Großvater hatte Verbindungen zu diesen Rittern, die hier ankamen, und er war auch der Gründer unserer Magier-Schule, da er von diesen Rittern einige interessante Dinge über Magie gelernt hatte. Wir wissen nicht viel über die Templer, da sie hauptsächlich versteckt und heimlich lebten. Aber mein Großvater erhielt Zugang zu einigen Dokumenten, von denen wir jetzt Kopien haben und die wir auch für deine Ausbildung verwenden,

Aiden. Und es gibt eine Geschichte über einen Schatz, den die Templer aus Frankreich mitgenommen haben, den sie auf die Schiffe geladen haben und mit dem sie geflohen sind. Es gibt einige Spekulationen und Hinweise, dass Teile dieses Schatzes auch hier in Galway sein könnten. Und einige Leute spekulieren, dass Teile dieses Schatzes unglaublich alt sind und sogar von der mysteriösen Insel Atlantis stammen. Und jetzt glauben wir, dass dies der Grund für Cristoforo ist, hierher zu kommen, da er sehr an Macht und Geld interessiert ist. Er sucht nach Gold und allem, was für ihn und die Männer, die sein Tun finanzieren, Wohlstand bedeuten könnte. Da es dein Vater Owen war, der den größten Einblick in diese Dinge im Zusammenhang mit dem Orden der Templer hatte, halte ich es für das Beste, wenn du die Arbeit deines Vaters fortsetzt. Du bist noch sehr jung, Aiden, aber angesichts der Tatsachen, mit denen wir jetzt konfrontiert sind, ist es meines Erachtens an der Zeit, Verantwortung zu übernehmen, um unserer Gemeinschaft zu helfen, sicher und geschützt vor den Menschen zu bleiben, die nur an Wohlstand interessiert sind. Ihre Gier ist eine große Bedrohung für uns und für die Menschheit insgesamt. Wir werden uns mit Cristoforo in Verbindung setzen, ihm einige Informationen geben und wir glauben, er könnte zustimmen, dass du dich seiner Crew auf dem Schiff anschließt, damit du Teil des Teams bist und direkt beobachten kannst, wie sich die Dinge entwickeln. Und du solltest dann in der Lage sein, Maßnahmen zu ergreifen, falls sich für unsere Gemeinschaft eine Gefahr entwickelt, aus dem, was Cristoforo in der nördlichen See möglicherweise findet. Es ist auch eine Chance für uns, mehr über Atlantis zu erfahren, falls Cristoforo wirklich etwas darüber finden kann. Für dich, Aiden, ist es wichtig zu wissen, dass wir keine Freunde von Cristoforo oder den Menschen sind, die seine Entdeckungsreisen finanzieren. Er ist nicht sehr schlau; Er ist gierig und ein Anhänger der Sklaverei. Er ist nicht wirklich jemand, den ich einen Menschen mit einer guten Menschlichkeit nennen würde. Du solltest also sehr vorsichtig sein, wenn du in seiner Begleitung bist, Aiden."

„Das klingt nach einer großen Aufgabe für mich, Sir", sagte Aiden und holte tief Luft. „Kann mich jemand von hier auf dieser Reise begleiten, um mir zu helfen, falls nötig?", fragte Aiden Donal mit einigen Bedenken, da er Angst hatte, allein zu sein unter diesen Seeleuten, auf einer Reise, die er nicht in der Lage war zu kontrollieren.

„Natürlich, Aiden. Ich würde dich nicht ohne angemessene Hilfe einer solch gefährlichen Mission aussetzen. Ich habe bereits mit Bridget gesprochen und sie hat zugestimmt, dich zu begleiten. Seeleute mögen keine Frauen an Bord ihrer Schiffe, da sie glauben, dass dies ihnen und dem Schiff Unglück bringt. Deshalb müssen wir sie davon überzeugen, dass Bridget bereits einige Kenntnisse über Atlantis hat. Mit dem Wissen deines Vaters über die Templer und Bridgets Wissen über Atlantis hoffe ich, dass dies uns helfen sollte, eine Verbindung zu Cristoforo aufzubauen, und dass er hofft, euer Wissen zu nutzen, wenn er euch erlaubt, euch der Crew bei dieser Erkundung anzuschließen."

Und Donal sollte in all dem Recht haben. Als Cristoforos Schiff im Hafen von Galway ankam, kamen Donal, Aiden, Bridget und viele mehr, um die kommenden Dinge zu beobachten. Und als Cristoforo Colombo fast jeden in Galway nach den Templern und nach verborgenen Schätzen fragte und einige Märchen über Seemonster und Abenteuer erzählte, war es für Donal leicht, ihm den Eindruck zu vermitteln, es wären seine Worte und Geschichten gewesen, die das Interesse von Donals Schülern erweckte und Aidens Wunsch initiierte, sich der Expedition in die nördliche See anzuschließen. Donal lud Cristoforo zu einem persönlichen Gespräch ein, wo er sich dann mit ihm zusammensetzte und Bier und geheime Informationen über die Templer von Galway anbot, natürlich gut ausgewählte Informationen und auch einige Desinformationen. Donal betrachtete Cristoforo als ernsthafte Bedrohung und als Chance für wichtige Erkenntnisse. Bei ihrem privaten Treffen arrangierte Donal mit Cristoforo, dass Aiden und Bridget der Besatzung beitraten, während er Cristoforo versicherte, dass die Templer nichts Wertvolles bei sich hatten, als sie 1307 in Galway ankamen. Er ließ ihn glauben, dass diese Templer von den anderen Schiffen getrennt wurden, die aus Frankreich fliehen konnten und dass auf diesem Schiff nur Waffen geladen worden waren, kein Schatz, kein Gold, nichts von Interesse. Gleichzeitig nutzte er Cristoforos gierige Haltung, um sein Interesse für die Geheimnisse von Atlantis zu wecken. Wie er angedeutet hatte, hätten die Templer Geschichten über diese mysteriöse alte Insel erzählt und Bridget und Aiden würden alles wissen, was irgendjemand in Galway wissen könnte über diese Dinge.

Schließlich fühlte sich Cristoforo unglaublich glücklich, diese beiden jungen Leute zu seiner Expedition eingeladen zu haben, als er betrunken zu dem Gasthaus stolperte, in dem er heute Nacht schlafen würde.

Für Aiden war die Expedition auch eine Chance, für einige Zeit aus Galway zu verschwinden. Dies war eine willkommene Abwechslung zu seinem ständigen Versuch, sich vor Callahan zu verstecken, der noch nicht aufgehört hatte, nach dem Jungen zu suchen, obwohl das große Feuer von Galway bereits vor ein paar Jahren war. Callahan beobachtete immer noch Aidens Mutter Teagan, da er vermutete, dass Aiden eines Tages zurückkehren könnte, um mit ihr in Kontakt zu treten. Bisher hatte der Bürgermeister den Jungen nicht fangen können, aber er würde ihn nicht vergessen.

Als Teagan von Donal benachrichtigt wurde, dass Aiden in wenigen Tagen eine Reise in die nördliche See unternehmen würde, kam sie zur Schule, um ihren Sohn zu besuchen. Und sie brachte etwas mit Stoff bedecktes mit.

In Gegenwart von Donal gab sie Aiden die Rolle. „Was ist das, Mama?", wollte Aiden von Teagan wissen.

„Dies ist eine Karte von deinem Vater, Aiden. Es zeigt die Position der Insel Atlantis an. Niemand weiß wirklich genau, wo sie ist oder war oder ob sie noch da draußen ist. Aber dein Vater hat viele Informationen gesammelt und auch viel recherchiert, und dies ist zumindest, wie er dachte, das Ergebnis der Position, die er zu finden versuchte. Vielleicht kann euch diese Karte helfen. Deshalb habe ich sie hierher gebracht, Aiden", erklärte Teagan.

„Vielen Dank, Mama. Ich werde sie vor den Seeleuten und vor Cristoforo verstecken, nur Bridget soll wissen, dass wir die Karte haben", sagte Aiden.

Aiden war noch nie auf einem Schiff gewesen und freute sich über diese neue Erfahrung, die er machen würde. Er und Bridget kamen an Bord des Schiffes und Cristoforo befahl einem seiner Seeleute, ihnen zu zeigen, wo sie während der Reise auf dem Schiff schlafen würden. Cristoforo zeigte kein großes Interesse an den beiden neuen Passagieren und Aiden und Bridget fühlten sich von Beginn ihrer Anwesenheit auf diesem Schiff an irgendwie verloren. Die meisten Seeleute sahen Bridget auch misstrauisch an, da sie eigentlich keine Frau an Bord haben wollten. Aiden und Bridget waren sich nicht mehr sicher, ob das wirklich eine gute Idee war, sich dieser Crew anzuschließen. Sie beschlossen, Abstand zu halten, und Bridget erklärte Aiden, wie er einen magischen Schutz für sich selbst schaffen könne, der dazu beitragen würde, sie vor den schlechten Gedanken der Seeleute während der Reise zu schützen. Aiden war dafür dankbar, obwohl er nicht wusste, ob das wirklich funktionieren würde.

Es war nur eine kurze Reise auf dem Meer, als Land in Sicht kam. Da Aiden und Bridget ein paar Mal nach Kurs und Position des Schiffes gefragt hatten, hatten sie eine gute Vermutung, wo sie sich befinden könnten, als die Insel am Horizont entdeckt wurde. Bridget wusste aus den Zeichnungen auf der Karte, dass Klippen und Felsen unter Wasser sein würden, sobald sie sich der Insel aus der aktuellen Richtung nähern würden. Da Cristoforo Bridget keine Aufmerksamkeit schenkte, beschloss sie, direkt zum Steuermann des Schiffes zu gehen, um ihm von ihren Bedenken zu erzählen. Er sagte, er würde nur den Befehlen seines Kapitäns folgen und nicht auf eine Frau hören. Alles würde unter Kontrolle sein und sie sollte nicht wieder mit ihm sprechen. Bridget war besorgt, aber was konnte sie tun? Sie beschloss, sich mit Aiden über die mögliche Gefahr vor dem Schiff zu beraten. Während sie noch über die Möglichkeiten diskutierten, einen Wind zu erzeugen, um das Schiff vom Kurs abzuhalten oder eine starke Strömung im Meer zu erzeugen, um das Schiff von den verborgenen Felsen wegzutreiben, erschütterte ein starker Ruck das Schiff, begleitet von einem lauten Krachen, als der Rumpf einen Felsen traf. Bridget und Aiden wurden von ihren Füßen gerissen und fielen im Bauch des Schiffes herum. Beide wussten, was passiert war, als der Steuermann zu ihnen herunterkam und schrie: „Es war die Hexe! Sie sagte mir, sie würde das Schiff an den Klippen versenken, wenn ich unseren Kurs nicht ändern würde!"

Aiden sah zu Bridget und beide waren von Angst ergriffen. Was für ein primitives Verhalten des Steuermanns und was für eine Gefahr für ihr Leben. Als das Wasser das Schiff flutete, kippte der Rumpf um und der Steuermann fiel und schlug hart auf seinen Kopf. Zumindest schwieg er jetzt. Aiden ergriff Bridgets Hand und sie rannten die nasse Treppe zur Oberfläche des sinkenden Schiffes hinauf. Von dort war es eine kurze Flucht ins Wasser, noch bevor die alarmierten Seeleute Hand an sie legen konnten.

Bridget und Aiden wussten beide, wie man schwimmt, das würde ihnen helfen, zu überleben. Trotzdem war es eine ziemlich weite Entfernung bis zur Insel, so dass sie mit dem kalten Wasser kämpfen und ihre ganze Kraft zusammenbringen mussten, um das Ufer zu erreichen. Die Seeleute auf dem sinkenden Schiff versuchten zu verhindern, dass das Wasser den Bauch des Schiffes flutete, und hatten alle Hände voll zu tun, um den Schaden zu beheben. Niemand versuchte Bridget oder Aiden zu folgen oder zu jagen. Das war bisher ihr Glück. Was für ein elendes Ende dieser Reise!

Schließlich erreichten Aiden und Bridget die Insel. Sie waren eiskalt, bis auf die Knochen nass und Aiden bemerkte, dass die Karte seines Vaters, die er in seinen Kleidern trug, bis zur Unkenntlichkeit zerstört wurde. „Was jetzt?", fragte er Bridget.

„Lass uns das Ufer verlassen und versuchen, einen trockenen Ort zu finden, vielleicht eine Höhle oder ein Haus, an dem wir am Feuer sitzen können, um uns aufzuwärmen", schlug Bridget vor, „aber lass uns außer Sichtweite der Seeleute kommen. Diese Tiere haben keine guten Absichten uns gegenüber! Glaube mir."

Einige Minuten später fanden sie eine kleine Höhle und etwas Holz, das sie sammelten, um ein Feuer zu machen. In der Höhle sahen sie sich an und Aiden wusste, was er zu tun hatte. Er konzentrierte seine Gedanken und obwohl er wegen des anstrengenden Schwimmens und Laufens immer noch schwer atmete, gelang es ihm, seine Gedanken zu klären und sich zu konzentrieren. Flammen begannen das Holz zu verzehren. Aiden spürte die brennende Hitze in seiner Hand und er wusste, dass er erneut von den Flammen verletzt wurde. Zumindest hatten sie Feuer und die Möglichkeit, ihre Kleidung zu trocknen und sich aufzuwärmen.

Als Bridget ihre nassen Kleider auszog, war Aiden wirklich versucht, auf ihre nasse Haut zu starren. Wie schön sie war. Ein kurzer Blick von ihren Augen zu ihm und sein Kopf wurde rot. Aiden drehte schnell den Kopf weg und stammelte: „Entschuldigung, Entschuldigung.“

Bridget hatte ein Lächeln im Gesicht. „Aiden, das ist normal“, sagte sie. „Du bist von mir angezogen, was ist daran falsch? Ich weiß über meine Wirkung auf Männer Bescheid, es ist okay. Zieh dich aus, sonst erkältest du dich.“

Aiden schämte sich immer noch, dass er seine Blicke nicht kontrollieren konnte, aber er war auch erleichtert, dass Bridget ihm nicht böse war. Stattdessen zeigte sie Verständnis. Wow, was für eine erstaunliche junge Frau sie war.

Nachdem sie ihre Kleidung getrocknet hatten und sich wieder warm und wohl fühlten, diskutierten sie, wie sie weiter vorgehen würden. „Das Wichtigste wäre, dass wir es vermeiden, diese Seeleute wiederzusehen“, sagte Bridget, „da sie mich immer noch für den Unfall des Schiffes verantwortlich machen könnten. Außerdem wäre es interessant, ob wir etwas über diese Insel herausfinden können, ob sie eine Beziehung zu Atlantis hat oder nicht, oder ob jemand hier etwas über Atlantis weiß.“

„Ja, das scheint eine gute Idee zu sein“, gab Aiden zu, als er erkannte, dass er immer noch von der Anwesenheit von Bridget angezogen war und sein Blut zwischen seinen Beinen pulsierte.

„Beruhig dich, Aiden“, war der einzige Kommentar von Bridget, da sie wusste, was gerade mit Aiden los war. Es war das erste Mal, dass dieser junge Mann mit einer jungen Frau in einer so intimen Situation war. Sie war sich völlig bewusst, wie verwirrt Aiden deswegen war.

Als sie die Höhle verließen, um sich umzusehen, schlug Bridget vor: „Ich könnte diesen Hügel hier besteigen und einen Blick ins Land werfen, um zu sehen, wo wir sind und wohin wir von hier aus gehen sollten." Als sie Aidens Überraschung sah, sagte sie: „Wir könnten beide den Hügel hinaufgehen, aber welchen Sinn würde es machen? Ich muss sowieso wieder runter, also kannst du bleiben und dich ausruhen, bis ich zurück bin. Es sollte nicht zu lange dauern. Du kannst das Ufer beobachten und mich warnen, sollten Seeleute in unsere Nähe kommen, okay?"

„Ah ja. Das klingt gut für mich. Zumindest habe ich eine Aufgabe, die uns auch hilft", stimmte Aiden zu.

Bridget stieg den Hügel hinauf, während Aiden das Ufer beobachtete. Bisher gab es keine Anzeichen für einen Seemann. Bridget stieg geradeaus nach oben und kam nach ein paar Minuten zu einer Höhle, ziemlich hoch auf diesem Hügel. Sie beschloss, hineinzuschauen. Das war ihr Verderben. Etwas in der Höhle traf sie hart und sie wurde nach hinten gedrückt. Sie hatte keine Chance, ihren Sturz aufzuhalten. Mit einer immensen Kraft fiel sie die Felsen hinunter, Aiden sah, wie sie mehrmals auf den Boden aufschlug und er dachte, sein Herz würde aufhören zu schlagen. Als Bridget schnell den Hügel herunterkam, kamen Steine mit ihr und Aiden musste seinen Kopf bedecken und versuchen, sich vor diesen tödlichen Schlägen der Steine zu schützen.

Dann war alles wieder still. Kein Geräusch, kein Wind, nicht einmal das Geräusch eines Vogels. Es war so still, dass Aiden fühlte, wie Angst seinen Rücken hinauf kroch in seinen Nacken. Er zitterte am ganzen Körper und versuchte Bridget zu finden. Er sah sie zwischen einigen Felsen liegen, nicht weit von ihm entfernt. Blut war überall auf ihrem Gesicht und sie hatte ihre Augen geschlossen. Hat sie geatmet? Aiden konnte keine Bewegung von ihrer Brust sehen. Als er näher kam, fühlte er sich immer ängstlicher. Sollte Bridget tot sein?

Nein, sie atmete nicht. Sie atmete nicht und war mit Blut bedeckt. Sie hatte ihren Kopf während ihres Sturzes schwer verletzt und es gab kein Lebenszeichen mehr. Aiden war in Panik. Er fühlte sich so elend, als er Bridget ansah und dann war er von seinen Gefühlen überwältigt. Nein, er würde sie nicht sterben lassen. Nein, er musste versuchen, etwas zu tun, um sie zu retten. Tränen liefen ihm über die Wangen, er zitterte immer noch. Dann nahm er vorsichtig Bridgets Kopf in seine Hände. Er schloss die Augen und konzentrierte sich. „Bridget, bitte hör mir zu!", dachte er. „Bridget, bitte, bleib bei mir, geh nicht ins Licht, bitte bleib bei mir!" Dann stellte er sich vor, wie er es von Cassidy gelernt hatte, wie die Knochen von Bridgets Kopf versetzt wurden, wo sie hingehörten. Er stellte sich vor, wie die Blutung aufhörte und sich die Adern von ihren Wunden erholten. Dann, als er sich vorstellte, dass alle ihre Knochen dort platziert waren, wo sie hingehörten, visualisierte er, dass eine blaue Flüssigkeit alle Verletzungen auf ihrem Kopf bedecken würde. Diese blaue Flüssigkeit würde ihre Wunden heilen. Er stellte sich auch ein weißes Lichtband vor, das vom Himmel kam und in ihren Kopf floss. Ein zweites Band kam von der Erde und floss in ihre Füße. Mit dieser vitalisierenden Energie würde ihre Genesung am besten durch das heilende Licht unterstützt. Dann wartete er. Nicht lange. Er erinnerte sich daran, was er von Bridget über die Kommunikation mit Seelen, Wesenheiten usw. gelernt hatte. Er würde seinen Gedanken nicht erlauben, sich Bridget als tot oder als Geist vorzustellen. In seiner Vorstellung befand sich Bridgets Astralkörper einfach neben ihrem physischen Körper. Er stellte sich Bridgets spirituellen Körper vor und bat sie dann, bitte zurückzukommen und sich wieder ihrem physischen Körper anzuschließen. Aiden war sich nicht sicher, ob seine Visualisierung irgendeinen Effekt haben würde, aber als er für einen kurzen Moment seine Augen öffnete, dachte er, er hätte Bridgets Körper gesehen, einen leichten, einzigen kurzen Atemzug zu machen.

Aiden hielt beide Hände über Bridgets Brust. Er stellte sich einen Strahl grüner Energie vor, der von seinen Händen direkt zu Bridgets Herzen floss. Dies würde ihrem Herzen helfen, mit dem Schlagen zu beginnen und weiter zu schlagen. Ein zweiter Strahl, ein blauer, kam aus seinen Händen, um Bridgets Lungen zu unterstützen und ihnen zu helfen, langsam und konstant zu atmen und frische Luft in alle Organe des Körpers zu bringen. Als er den Eindruck hatte, dass Bridgets Zustand stabil genug war, öffnete er erneut seine Augen - und ja - ja - sie atmete!

Aiden bedeckte seinen Kopf mit beiden Händen und holte tief Luft. Er zitterte immer noch und es war das erste Mal, dass ihm klar wurde, dass all seine Ausbildung an der Schule, selbst die Themen, an denen er nie großes Interesse hatte, jetzt so hilfreich waren. Es war das erste Mal, dass Aiden wirklich erlebte, welche Kraft dieses Wissen mit sich gebracht hatte. Er wusste, dass es nicht sein Verdienst war, dass Bridget lebte, es war allein Bridgets Seele, die sich bereit erklärte zurückzukehren und ihren Körper heilen zu lassen. Aiden war nur die Verbindung zwischen dem heilenden Licht und der akzeptierenden Seele. Nicht mehr. Aber er war äußerst dankbar, dass er die Möglichkeit hatte, dabei zu helfen. Und er versprach sich, seine Ausbildung fortzusetzen, was auch immer dazu nötig sein mochte.

Während Bridget beständig atmete und sich in einem stabilen Zustand zu befinden schien, sammelte Aiden einige Blätter und Pflanzen ein, um eine weiche Unterlage für Bridgets Kopf zu bauen. Dann bedeckte er ihren Körper mit seiner eigenen Jacke, um sie warm zu halten. Dann wartete er. Er würde es nicht wagen, sie zurück in die Höhle zu bringen. Er wartete einfach.

Nach ungefähr zwei Stunden öffnete Bridget die Augen. Aiden war sehr glücklich darüber. „Hol Donal", flüsterte sie leise. Aiden brauchte eine Weile, um zu verstehen. Dann wusste er, was zu tun war.

Aiden schloss noch einmal die Augen und konzentrierte seine Gedanken. „Donal", dachte er, „wir brauchen deine Hilfe! Donal! Bitte, hör mir zu - wir brauchen deine Hilfe!" Aiden stellte sich vor, wie er Donals Aufmerksamkeit erregte und dass Donal erkannte, was passiert war. Dann verlor Aiden das Bewusstsein.

Als Aiden wieder aufwachte, war er wieder in der Schule, und Donal war im Zimmer. Er sah auch Bridget und Cassidy kümmerte sich um sie.

„Wie hast du das gemacht?", fragte Aiden Donal.

„Teleportation", sagte Donal. „Danke, dass du mir den Wink gegeben hast, Aiden. Und gute Arbeit! Gut gemacht, Aiden. Ich könnte nicht stolzer auf dich sein." Dann nahm Donal Aiden in die Arme und drückte ihn an sich.

„Gerne", sagte Aiden mit Tränen in den Augen. „Ich danke euch allen für die Ausbildung. Ich habe es wirklich gebraucht. Vielen Dank." Aiden spürte, dass er immer noch zitterte. Dann bemerkte er, dass seine verletzte Hand mit einem Verband umwickelt war.

Jetzt hatte er einen klaren Eindruck, worum es ging. Er erkannte den wahren Wert all dieses Wissens, all der positiven und hilfreichen Dinge, die ein Magier mit einer soliden Ausbildung und Schulung seiner Fähigkeiten tun konnte. Irgendwie war Aiden nicht mehr derselbe wie zuvor. Dieser Unfall hatte alles für ihn verändert. Er fühlte sich lebendiger als je zuvor und fühlte sich erwachsen.

Nach ein paar Tagen, als Bridget sich recht gut erholt hatte und Aiden mit ihr sprechen konnte, fragte er sie: „Bridget, was ist auf dem Hügel passiert? Warum bist du heruntergefallen?"

„In der Höhle war ein Drache. Er schlug mich mit seinem Schwanz. Dieser Treffer drückte mich so schnell und so hart zurück, dass ich nichts tun konnte, um den Sturz zu verhindern", erklärte Bridget.

„Ein Drache, bist du sicher?", fragte Aiden ungläubig. „Ich dachte, Drachen waren keine realen oder zumindest nur spirituelle Wesen."

„Ja, ich habe noch nie einen Drachen gesehen, Aiden. Da einige Geister Menschen schubsen können, würde ich sagen, dass dieser Drache als physisches oder spirituelles Wesen die Kraft hatte, mich hart zu schubsen. Wie auch immer er das getan hat, er muss ein Meister darin sein", sagte Bridget. „Ich denke, er bewacht den Eingang der Höhle. Was auch immer darin sein mag. Er beschützt es und fragt nicht einmal, wer hereinkommt. Vielleicht werden wir es nie erfahren."

„Vielleicht könnte Donal von hier aus, aus der Ferne, einen Blick in die Höhle werfen?", schlug Aiden vor.

„Ich habe es versucht", sagte Donal, da er hinten im Raum zugehört hatte. „Ich konnte es nicht. Was auch immer dort ist, es wird durch eine magische Wand geschützt. Keine Chance hinein zu schauen."

Am nächsten Tag versuchte Aiden, da er den Drachen in der Höhle nicht vergessen konnte, selbst Kontakt mit ihm aufzunehmen. Also setzte er sich zu einer Meditation in sein Zimmer und stellte sich vor, wie er wieder auf der Insel war und wie er den Berg bestieg, um zum Eingang der Höhle zu gelangen. Als er sich vorstellte, wie er näher kam, ging er vorsichtiger vor, um nicht vom Drachen überrascht zu werden. Er bewegte sich sehr langsam, als er sich dem Eingang näherte und es gelang ihm, nahe genug heran zu kommen, so dass er genau hineinschauen konnte. Aiden bewegte seinen Kopf langsam, sehr langsam nach vorne, als er plötzlich direkt in die Augen des Drachen sah. Der Drache sah Aiden und öffnete das Maul. Aiden war sich sicher, dass er jetzt von einem Feuerstoß getroffen werden würde, der aus dem Maul des Drachen kam. Aber er wurde es nicht. Der Drache war immer noch ruhig und inspizierte Aidens Gesicht mit aufmerksamen Augen.

Jetzt zeigte Aiden dem Drachen langsam seine leeren Hände und stand sehr langsam auf. Er wollte den Drachen nicht mit einer spontanen Bewegung überraschen oder irgendeine Art von Verteidigungsreaktion auslösen, da er immer noch wusste, was mit Bridget passiert war, als sie sich der Höhle näherte.

„Aiden ist mein Name und ich bin hier, um dich zu fragen, wer du bist", sagte er zu dem Drachen.

Dann wurde Aiden plötzlich vom Drachen hart zurückgestoßen und als er das Gefühl hatte, den Kontakt seiner Füße mit dem Boden zu verlieren, wurde Aiden aus seiner Meditation herausgeworfen.

Das war seltsam, dachte Aiden. Zumindest schien der Drache kein böses Monster zu sein, aber er schien Aiden enorm mächtig zu sein. Vielleicht würden er und Bridget eines Tages eine weitere Gelegenheit bekommen, die Insel zu besuchen und mit dem Drachen in Kontakt zu treten, dachte Aiden. Und er hatte auch das Gefühl, dass die Zeit dafür noch nicht reif war. Es fehlte noch etwas, und Aiden glaubte, sobald sie herausgefunden hätten, was das sein könnte, könnten sie die Chance haben, mehr über diese Höhle und die Geheimnisse im Inneren zu erfahren.

Indische Einsichten

Mit Aidens sechzehntem Geburtstag sollte ein neuer Schritt in seiner Ausbildung beginnen. Cassidy sagte zu ihm: „Aiden, wir glauben, du bist jetzt bereit dafür, mehr über die Zusammenhänge des Lebens der Menschen zu erfahren. Ich möchte dir jetzt nicht zu viel erzählen. Ich würde es vorziehen, dies für dich zu einer Überraschung zu machen. Können wir anfangen?"

„Ja, klar, ich würde gerne anfangen!", sagte Aiden und war neugierig. Nachdem er erfahren hatte, wie wertvoll seine gesamte Ausbildung war, war er aufgeregt, in die nächste Stufe seiner Entwicklung als Magier einzutreten.

Cassidy führte Aiden in einer Meditation in einen Zustand tiefer Entspannung. Dann wies sie ihn an, in der Zeit zurück zu gehen, zuerst langsam, um Tage, Wochen, Monate, Jahre, dann bis zu seiner Geburt und weiter in die Zeit vor seiner Geburt, zurück in die Zeit, zurück in die Zeit, schneller und schneller. Aiden sollte an dem Zeitpunkt anhalten, als er zum ersten Mal geboren wurde. Cassidy brachte dann wieder Ruhe in die Situation, Aiden sollte nur seine eigene Präsenz im Bauch seiner ersten Mutter vor seiner Geburt spüren. Er sollte sich entspannen, die warme Dunkelheit und die Nässe spüren, die ihn umgab. Dann ließ Cassidy ihn einen kleinen Zeitsprung machen, um den Prozess seiner Geburt selbst zu überspringen und Aiden seine Eindrücke kurz nach seiner ersten Geburt fortsetzen zu lassen.

„Was fühlst du jetzt? Kannst du Tageslicht oder etwas anderes sehen?", fragte Cassidy.

„Ja, ich bin irgendwo in einem Raum und ich sehe jemanden, eine Frau, sie ist meine Mutter. Sie ist so schön und sie lächelt mich an. Ich fühle mich sicher und neugierig. Ich bin froh, jetzt geboren zu sein. Meine Mutter hält mich auf dem

Bauch und berührt sanft meine Haut. Es ist so gut, dort zu sein", beschrieb Aiden.

„Jetzt gehen wir vorwärts in der Zeit, gehen zu der Zeit, wenn du sieben Jahre alt bist und sage mir, wie du lebst und wo du lebst", erbat Cassidy von Aiden.

„Mein Name ist Navin. Ich lebe mit meiner Mutter und meinen Geschwistern in einem winzigen Haus, es gibt eine Schwester und zwei Brüder. Wir spielen oft in der staubigen Straße vor dem Haus. Es ist dort trocken und meistens heiß, es ist in Indien, das Land heißt Indien. Wir sind glücklich als Familie, obwohl wir sehr arm sind. Meine Mutter hat keinen Ehemann, sie arbeitet für einen reichen Mann, er kommt und bringt Kleidung seiner Diener mit, die von unserer Mutter repariert werden soll. Und er hat meine Mutter schon gefragt, wann ich mit ihm eine Tour machen würde, um an der indischen Grenze Gewürze und Waren zu kaufen. Meine Mutter sagt ihm, dass ich dafür zu jung bin. Unsere Familie gehört einer niederen Kaste an, deshalb sind wir so arm. Wir haben keinen Zugang zu guten Jobs oder zu guter Bildung. Es wird davon ausgegangen, dass wir schlechtes Karma aus unseren früheren Leben haben, und deshalb müssen wir auf dieser niedrigen Ebene in der Gesellschaft leben", erklärte Aiden.

Cassidy führte Aiden weiter in der Zeit voran: „Lass uns jetzt in der Zeit vorwärts gehen, zu einem Zeitpunkt, der für dich wichtig ist, wo Dinge passieren, die dir am wichtigsten sind, bitte."

Nach einer kurzen Pause sprach Aiden erneut: „Ich bin jetzt vierzehn Jahre alt und war bereits mit dem reichen Mann auf Tour, um Gewürze und Waren zu kaufen. Ich war mit ihm auf einem Wagen und half ihm, die Waren zu laden und zu entladen, so dass er diese schwere Arbeit nicht erledigen musste. Er ist ein unfreundlicher Mann. Ich mag ihn nicht sehr. Heute Abend ist es draußen kalt und es regnet stark. Es ist ein hässlicher Tag, ziemlich ungewöhnlich, als ob der Himmel selbst wütend wäre. Mutter ist noch nicht zu Hause und ich bin in meinem Bett und warte auf sie. Ich habe Angst vor dem schlechten Wetter, würde das aber vor meinen Geschwistern nicht zugeben. Ich bemerke, wie die Tür unseres Hauses geöffnet wird, und ich sehe Mutter hereinkommen. Sie sieht schrecklich aus. Ihr Gesicht ist schmutzig und nass, ihre Kleidung ist zerrissen. Was ist passiert? Sie weint und geht langsam zu ihrem Bett. Sie hat vergessen, die Tür zu schließen und Wind und Regen kommen herein. Dann kommt die Frau aus unserer Nachbarschaft herein und schließt die Tür. Sie muss die Ankunft unserer Mutter gesehen haben. Sie sprechen. Sie fragt unsere Mutter, was passiert ist. Ich gebe vor zu schlafen und höre genau zu. Meine Mutter erzählt der Nachbarin, dass der Reiche sie vergewaltigt hat. Sie rannte nach Hause und fiel mehrmals auf dem Weg hin, sie ist verletzt, alles tut weh, dann beginnt sie zu husten. Ich bin entsetzt. Morgen werde ich wieder mit dem reichen Mann auf Tour gehen. Ich bin schockiert."

Cassidy fragte: „Was passiert am nächsten Tag? Gehst du mit dem reichen Mann auf Tour?"

„Ja, ich muss gehen", fuhr Aiden fort, „und vorher, am Morgen, frage ich meine Mutter, wie es ihr geht. Sie hustet immer noch und sagt, dass es ihr gut geht, sie hat nur eine leichte Erkältung vom schlechten Wetter gestern. Ich weiß, das ist eine Lüge, ihr geht es nicht gut. Sie leidet und sie ist traurig. Ich muss gehen; der Mann ist hier. Er macht einige unfreundliche kaltherzige Kommentare und sagt, dass ich den zweiten Wagen fahren muss. Diesmal würden wir mit zwei Wagen fahren. Es ist das erste Mal, dass ich einen Wagen mit einem Pferd fahre und der Wagen sieht alt und nicht sehr stabil aus. Die Bremse, es ist ein Holzstab, ist locker. Ich mache mir Sorgen, es wird nicht richtig funktionieren, wenn wir mit den Wagen durch die Berge fahren. Der Reiche fährt zuerst, ich folge ihm. Er redet während unserer Tour nicht viel. Es ist ein langer Weg bis zur Grenze, und wir brauchen ein paar Tage, um dort anzukommen. Dann hat er seine Kontakte dort, wo er seine Waren bekommt. Diesmal muss ich beide Wagen beladen, während der Reiche im Dorf ist, um einige Biere zu trinken. Ich muss immer darüber nachdenken, was er meiner Mutter angetan hat, und ich bin traurig über ihren Zustand. Auf dem Heimweg mit den Wagen mache ich einen Plan. Wenn der Reiche schläft, während wir eine Pause machen müssen, gehe ich zu seinem Wagen und entferne den Splint von einem der Räder seines Wagens. Ich weiß, wir kommen an einen Ort, an dem die Straße viele Kurven hat und wir die Berge hinunterfahren würden, und ich hoffe, sein Wagen würde das Rad verlieren und der Vergewaltiger würde in den Abgrund fallen. Dann passiert es. Das Rad fällt ab, der Wagen fällt zur Seite und der Mann fällt auf die Straße. Er lebt noch und ist nicht in den Abgrund gefallen. Ich fühle Panik. Er wird mich für diesen Unfall beschuldigen und mich bestrafen. Ich bin mir sicher. Dann erinnere ich mich an den Holzstab der Bremse meines Wagens. Ich nehme ihn aus der Klammer und schlage damit dem reichen Mann auf den Kopf. Wieder und wieder. Ich habe ihn so hart wie möglich geschlagen. Er verliert das Bewusstsein. Er liegt auf der Straße und macht keine Bewegung. Jetzt löse ich das Pferd seines Wagens und lasse es laufen. Ich lege den reichen Mann in seinen Wagen, er ist so schwer dieser dicke riesige Mann. Dann schiebe ich den Wagen so hart ich kann in den Abgrund. Ich drücke auf den schweren Wagen, er bewegt sich kaum und fällt nach einiger Zeit mit dem reichen Mann darauf in den Abgrund. Er kracht mehrmals hart in den Berg und fällt den ganzen Weg hinunter. Niemand würde einen solchen Sturz überleben. Ich setze mich hin und schaue eine Weile zu, dann merke ich, dass es einfacher gewesen wäre, einfach nur den Mann über die Straßengrenze in den Abgrund zu werfen und nicht beide, den

Mann und den Wagen, gleichzeitig. Aber jetzt war es geschafft. Der Mann hat bekommen, was er verdient hatte. Jetzt klettere ich auf meinen Wagen und setze meine Heimreise fort. Dort renne ich zuerst zu unserem Haus, um zu sehen, wie es unserer Mutter geht. Sie hat eine Lungenentzündung und schweres Fieber, ihr Kopf ist feucht vom Schweiß, sie zittert am ganzen Körper. Ich sage ihr, dass der Reiche tot ist. Sie kann mich kaum hören, glaube ich. Ich sage ihr, ich habe ihn getötet. Ich bleibe die ganze Zeit bei unserer Mutter, bis sie so schwach ist, dass sie schließlich an ihrem schlechten Zustand stirbt."

„Danke, dass du es erzählt hast, jetzt ist es Zeit, in unsere Gegenwart zurückzukehren. Beruhige dich, atme langsam und konstant und dann reisen wir in der Zeit vorwärts", sagte Cassidy. Sie versicherte Aiden, dass er sich an alles erinnern würde, was er in dieser Meditation erlebt hatte, die sie vor ein paar Augenblicken durchgeführt hatten. Dann führte sie Aiden zurück in die Gegenwart, zurück in den Raum der Schule. Sie versicherte Aiden auch, während er sich noch in seinem meditativen Zustand befand, dass er sich mit der Zeit immer mehr an sein erstes Leben in Indien erinnern würde. Erinnerungen würden zurückkehren, so, wie er mit ihnen umgehen konnte, langsam, ständig und fortlaufend. Das war eine Affirmation, die sie machte, um Aiden die Möglichkeit zu geben, mehr über die Ereignisse aus seiner eigenen Vergangenheit zu erfahren.

„Wie fühlst du dich?", fragte Cassidy Aiden, als er seine Augen öffnete.

„Ich bin irgendwie schockiert, verwirrt, aber mir geht es gut, danke, Cassidy. Es war so interessant für mich. Ich hätte nie erwartet, dass ich so klare Erinnerungen an ein Leben habe, an das ich mich vorher überhaupt nicht erinnern konnte. Glaubst du wirklich, dass das alles wahr ist oder war das gerade nur ein Traum oder eine Fantasie?", wollte Aiden wissen.

„Das wirst du selbst herausfinden, Aiden. Heute haben wir gemeinsam eine wichtige Tür geöffnet. Erinnerungen an diese Vergangenheit werden tagsüber spontan und unerwartet zu dir kommen, normalerweise in Stücken. Du wirst lernen, sie zu erkennen, wenn sie kommen. Du wirst dich an sie gewöhnen. Ich möchte dich bitten, Aiden, mit diesen Erinnerungen zu arbeiten. Versuch zu verstehen, was passiert ist, warum es passiert ist, wie du dich gefühlt hast, wann es passiert ist, was deine Handlungen damals waren und wie du deine Handlungen bewerten würdest. Die meisten Menschen haben keine Erinnerung an ihre vergangenen Leben und es ist besser so. Als Magier und als jemand mit offenem Geist wirst du in der Lage sein, mit diesen Erinnerungen umzugehen. Ich glaube fest daran. Und du bist nicht allein mit ihnen, du hast unsere Gemeinschaft. Komm zu mir, wenn du über irgendetwas reden willst, an das du dich erinnern wirst, das vielleicht schwer für dich zu akzeptieren wäre. Oder sprich mit Bridget oder Ide. Sie haben auch viel Erfahrung mit diesen Dingen und können dir auch weiterhelfen. Okay?", sagte Cassidy.

„Ja, das werde ich auf jeden Fall tun, Cassidy. Vielen Dank für diese äußerst interessante Sitzung heute", sagte Aiden dankbar.

In den kommenden Tagen hatte Aiden mehr Erinnerungen an sein Leben in Indien. Als er Bilder und Eindrücke bekam, wusste er, dass jemand in Indien anwesend war, als er seiner Mutter erzählte, dass er den reichen Mann getötet hatte. Diese alte Frau hörte, was er sagte und erzählte es anderen aus dem Dorf. Dann wurde er gejagt und musste fliehen. Nach all dem ist viel passiert, und das Wichtigste, wie Aiden erkannte, war, dass er von Indien nach Afghanistan ging und dort eine wundervolle junge Frau traf. Er sah ihr Gesicht, sie hatte das schönste Gesicht, das er je gesehen hatte, und sie war freundlich und intelligent. Seit dem Moment, als er ihr Gesicht zum ersten Mal sah, konnte er sie nicht mehr vergessen - bis er in Indien starb und die Erinnerung tief in seiner Seele verborgen blieb.

Aiden wusste, er hatte ein langes und glückliches Leben mit dieser Frau in Afghanistan, sie haben in Wohlstand in einem Dorf gelebt, in dem die Menschen freundlich waren und sich gegenseitig halfen. Sie hatten dort keine Kasten und alle hatten die gleichen Rechte. Was für ein Unterschied, was für ein Vergnügen, dort zu leben.

An einem anderen Tag, als Aiden Donal in der Schule traf, fragte er ihn: „Donal, kannst du mir sagen - wenn es unser erstes Leben überhaupt ist, kann es sein, dass wir bereits ein schlechtes Karma haben?"

„Was für eine Frage, Aiden? Wenn es dein erstes Leben ist und du noch nie ein Leben hattest, wie könntest du dann Karma aus früheren Leben mit dir führen? Denk darüber nach. Ich glaube, das ist nicht möglich. Wenn eine junge Seele auf die Erde kommt, ist sie sauber wie reines Wasser. Sie hat noch keine Erfahrung, noch keine Sünden getan. Es wird im ersten Leben viel Freude und Experimentieren geben und auch viele Fehler. Karma im ersten Leben? Nein, das glaube ich nicht. Aber - wie ich dir bereits sagte - ziehe bitte deine eigenen Schlussfolgerungen. Das ist wichtig! Hilft dir das, Aiden?"

„Ja, Donal. Vielen Dank", sagte Aiden. Und er wusste jetzt, dass, seiner Meinung nach, die Kasten in Indien nicht gut sind. Ein neues Leben sollte immer ein Neuanfang sein, für jeden und jede Seele. Karma wird unsere Handlungen belohnen, die Menschen müssen niemanden noch darüber hinaus belohnen, schloss er für sich.

Callahans Zorn

Als Aiden siebzehn Jahre alt war, änderten sich die Dinge dramatisch. Er lebte jetzt schon seit ein paar Jahren in der Gemeinde der Galway-Magier. Er war gut integriert und unter guten Freunden, dachte er. Doch das Böse war auf dem Weg.

In diesem Jahr kam ein Schiff in den Hafen von Galway, und an Bord befand sich ein Seemann der ehemaligen Besatzung von Cristoforo Colombo. Wie sich herausstellte, sah dieser Seemann Bridget auf dem Marktplatz und erkannte sie als die Hexe, die vor zwei Jahren das Schiff versenkte. Als er sie fangen wollte, sah sie ihn und rannte weg. Sie hatte Glück und konnte sich vor dem Seemann verstecken, aber er ging direkt zu Callahan, dem Bürgermeister von Galway. Er berichtete, dass er eine Hexe gesehen habe, Bridget war ihr Name, wie er sich erinnerte, und forderte die Leute von Galway auf, sie zusammen mit dem Jungen, Aiden, zu übergeben.

Jetzt hatte der Seemann Callahans volle Aufmerksamkeit. Hat er Aiden gesagt? Ja. Hat er. Das war der Name des miesen Jungen, nach dem er so lange gesucht hatte. Sollte Aiden noch in Galway sein? Wenn er vor zwei Jahren zusammen mit einer Hexe gesehen wurde, war es möglich, dass sich der miese Junge in der Schule der Galway-Magier versteckte. Callahan beschloss zu handeln. Und er würde es nicht offensichtlich tun, sondern versteckter und im Verborgenen. Er versprach dem Seemann, dass er sich um die Hexe und den Jungen kümmern und sie ausliefern würde, sobald sie gefunden wurden. Dann sandte er jemanden mit einem Brief zu Glen-Bill, einem Räuber und Dieb, der außerhalb der Stadt lebte, da er wegen all seiner schlechten Taten, für die er bekannt war, nicht sehr willkommen war.

Glen-Bill war ein ungepflegter, hässlicher Mann mit gelben Zähnen, der sich für allwissend hielt und doch eher einen beschränkten Geist hatte. Er stahl den Leuten, die er traf, nicht nur ihr Geld, sondern zuerst auch ihre Zeit mit seinen langen Monologen und seinem unnützen Geschwafel. Dann, wenn niemand damit rechnete, beschuldigte er die Leute und zwang ihnen das Geld zur Wiedergutmachung aus der Tasche. Er war ein gemeiner Betrüger der übelsten Sorte und beglich auch niemals seine Schuld bei anderen.

Für Callahan war er der richtige Partner für den miesen Job, den er nun erledigt sehen wollte.

Da Glen-Bill zu dumm zum Lesen war, bat er einen seiner Gefährten, den Brief des Bürgermeisters an ihn zu lesen, den er vom Diener des Bürgermeisters erhalten hatte, nachdem er den Diener in eine lange und nervige Rede verwickelt hatte, in der er prahlte mit seinem Wissen über Dinge, an denen niemand interessiert war. Der Diener verließ den Ort schließlich mit einem langen Seufzer.

Wie Glen-Bill von seinem Kumpel hörte, wollte der Bürgermeister, dass er Bridget von der Magier-Schule in Galway und diesen Jungen, Aiden, abfing, der nach dem großen Brand in Galway verschwunden war. Dieser Junge würde höchstwahrscheinlich auch im Bereich der Schule versteckt sein, vermutete der Bürgermeister. Am Ende des Briefes schrieb der Bürgermeister, er würde Glen-Bill mit einem anständigen Geldbetrag belohnen, sobald die Arbeit erledigt wäre.

Glen-Bill lächelte mit seinen gelben Zähnen und hustete wegen der schmutzigen Kräuter, die er den ganzen Tag rauchte.

Dann rief er einige seiner Kumpels und sie machten sich auf den Weg zur Schule. Da sie den Schulbereich nicht ohne Erlaubnis betreten konnten, warteten sie versteckt hinter Büschen. War Bridget bereits in die Schule zurückgekehrt oder war sie noch draußen? Falls nötig, würden Glen-Bill und seine Crew nachts das Schulgelände betreten, um die Hexe zu entführen und nach dem Jungen zu suchen.

Besser wäre es gewesen, sie sofort zu fangen, bevor sie hinter die Mauern des Schulgeländes zurückkehren konnte. Dann würden mit etwas Glück andere kommen, um nach ihr zu suchen, und er würde einfach den Jungen unter ihnen herauspicken. Aiden war in Galway bekannt, obwohl er seit einiger Zeit nicht mehr gesehen worden war. Glen-Bill würde ihn erkennen, da war er sich sicher.

Dann bemerkten die Gauner, dass jemand aus der Stadt zur Schule kam. Es war eine junge Frau. Ja, das war Bridget. Als sie näher kam, sprang Glen-Bill direkt vor ihr aus dem Gebüsch. „Hallo Süße!", sagte Glen-Bill und Bridget konnte seine schmutzigen gelben Zähne sehen.

„Nenn mich nicht Süße!", sagte Bridget und ihr Gesicht wurde wütend. „Lass mich gehen, ich habe keine Zeit mit dir zu verschenken. Tritt zur Seite", forderte sie.

Aber Glen-Bill trat nicht beiseite. Er stand immer noch vor ihr, grinste und spuckte auf den Boden. Dann wurde Bridget von hinten gepackt und einer der Bastarde legte einen Sack über ihren Kopf. Dann wurden ihre Hände gefesselt und der Sack wurde um ihre Hüften gebunden. Danach wurde sie zu Boden gezwungen und auch ihre Füße wurden gefesselt. Bridget wollte um Hilfe rufen, aber als sie den ersten Versuch dazu unternahm, landete eine Faust auf dem Sack und schlug auf ihren Mund. Blut kam durch den Sack, als sie von Glen-Bill und einem seiner Gefährten weggeschleppt wurde.

Die anderen Diebe warteten im Gebüsch auf den Jungen, den sie auch zu ergreifen hofften.

Glen-Bill und sein Gefährte kehrten zu Glen-Bills Haus zurück, wo sie Bridget in einem kleinen Stall in der Nähe des Hauses einsperrten. „Wenn wir mit dem Jungen zurückkommen, werden wir wirklich Spaß mit dir haben, Süße, bevor wir dich dem Bürgermeister übergeben!", lachte Glen-Bill schmutzig. Was für ein Arschloch! Dann ließen Glen-Bill und sein Kumpel Bridget im Stall und kehrten zur Schule zurück, um Aiden zu fangen.

Bridget erholte sich von ihren Schmerzen. Sie würde das nicht gut sein lassen, entschied sie. Sie bewegte sich in eine sitzende Position und konzentrierte sich. Das Seil um ihre Hüften, das den Sack hielt, löste sich, als würde es von den Händen eines Geistes geöffnet. Das Seil fiel ab und der Sack flog in einem weiten Bogen von Bridgets Kopf. Jetzt konnte sie wieder sehen. Der Stall hatte ein Fenster, und sie konnte draußen in der Nähe des Hauses von Glen-Bill einen Schweinestall sehen. Wie dieser schmutzige, hässliche Bastard es bereuen würde, was er ihr angetan hat, versprach sie sich!

Bridget konzentrierte sich wieder und dunkle Wolken sammelten sich am Himmel. Zuerst fielen winzige Regentropfen, dann größere, und dann regnete es stark. Die Exkremente der Schweine wurden aus dem Schweinestall direkt in die Haustüre von Glen-Bills hässlicher Hütte geschwemmt.

Oh ja, wie würde er es bereuen! Dann dachte Bridget an Glen-Bills nächste Aktion, als er angedeutet hatte, auch Aiden zu fangen. Sie konzentrierte sich wieder und stellte sich eine lange, heiße Nadel vor und wie diese Nadel in Glen-Bills Rücken steckte. Und eine weitere riesige, heiße Nadel wurde mit Schwung in sein Bein gestoßen. Und noch eine in seinen Nacken. Und eine in seinen Kopf. Dann stellte sich Bridget vor, wie die Nadeln tief rot wurden, wie sie glühten und anfingen zu rauchen.

Glen-Bill war gerade zu seiner Gruppe von Dieben in der Nähe der Schulmauern zurückgekehrt, als er sah, wie es in der Gegend, in der er lebte, aus riesigen Wolken regnete. Sollte die Hexe dafür verantwortlich sein? Dann fühlte er plötzlich und ohne Vorwarnung einen scharfen Schmerz in seinem Rücken. „Ahh!", rief Glen-Bill und versuchte, den Schmerzpunkt in seinem Rücken zu erreichen. Dann spürte er den Schmerz in seinem Bein und das ließ ihn fallen. Sein schmutziges Gesicht landete in einer schlammigen Pfütze. Und dann spürte er, wie sein Nacken und sein Kopf schmerzten. Und als er dachte, das war alles, wuchs der Schmerz ungemein, es brannte ihn so sehr, dass er so laut er konnte schreien musste. „Ahh !!!" Sein Schrei war überall auf dem Land zu hören, sogar in der Schule.

Cassidy war die erste, die an der Tür der Schulmauer ankam und sie öffnete ein kleines Fenster, um nach draußen zu schauen. Sie erkannte Glen-Bill, diesen hässlichen Dieb, und seine schmutzigen Kerle und rief dann nach Donal.

Donal öffnete die Tür und trat nach draußen, direkt auf diese Gruppe elender Ärsche zu. „Was ist los?", fragte er ruhig.

„Oh, nichts, Sir", sagte einer dieser Feiglinge. „Glen-Bill ist gefallen, und ich glaube, er hat sich ein bisschen am Bein verletzt. Nichts Schlimmes, würde ich sagen", log der schmutzige kleine Mann.

„Ja, er sollte vorsichtiger sein, wohin er mit seinen Füßen tritt, würde ich sagen. Das kann ein rauer Weg sein, so nah an unserer Schule für Leute, die nicht lesen können, nehme ich an", beleidigte Donal die Gruppe. Er hatte definitiv keine Angst vor ihnen und wusste genau, was sie getan hatten. Er sah auch, wie Bridget auf dem Weg zur Schule näher kam und ging ruhig auf sie zu. Die Diebe sahen sich an und waren verwirrt. Was sollen sie jetzt tun?

„Hallo Bridget", sagte Donal zu ihr, „ist alles in Ordnung mit dir?"

„Ja, sicher, mir geht es gut, Donal, danke", antwortete Bridget, als ein dicker Blitz in der Ferne mit einem riesigen

Donner vom Himmel kam und den Stall in der Nähe von Glen-Bills Haus traf. Dies setzte den Stall in Flammen und er brannte langsam nieder, während Donal und Bridget gemächlich Arm in Arm zum Schulbereich zurückgingen.

Callahan sprang von seinem Stuhl, als er von dem schmutzigen kleinen Dieb die Nachricht erhielt, was bei Bridgets Entführung passiert war. Er fasste sich an die Brust und schnappte nach Luft und es wurde ihm schwindlig dabei.

Jetzt würde er es selbst in die Hand nehmen. Er war empört vor Wut und ging direkt zu Teagans Haus. Dort schrie und brüllte er wie ein Idiot und bedrohte Teagan, dass er wüsste, dass Aiden sich mit den Galway-Magiern in der Schule versteckte und dass er alle Häuser abreißen würde, bis Aiden gefunden würde.

Dieser dicke, dumme Bürgermeister machte eine unglaubliche Szene vor Teagan und sie beschloss zu gehen, sobald dieser Idiot weg sein würde. Sie hörte ruhig Callahans Worten zu und beschloss nach einer Weile, seine Rede zu beenden.

„Ach du meine Güte, mir brennt das Wasser auf dem Ofen an!", sagte sie plötzlich und schloss die Tür, bevor Callahan seinen letzten Satz beenden konnte.

Teagan wartete im Haus bis Callahan sich fluchend und wild gestikulierend entfernte.

Dann beschloss Teagan, einige Dinge zusammenzupacken und das Haus zu verlassen. Sie ging zur Schule, um mit Donal zu sprechen, und wollte vorschlagen, dass sie und Aiden Galway verlassen würden, bis sich die Dinge hoffentlich zum Besseren gewendet hätten.

Bridget schlug vor, Teagan und Aiden auf ihrer Reise zu begleiten, da es für sie auch besser war, zu verschwinden, bis der Seemann mit dem Schiff wieder auf See war.

„Übrigens -", sagte Donal, mit einem Lächeln im Gesicht, „erinnerst du dich, als das Schiff von Colombo, das mit dir und Aiden an Bord, vor der Insel gesunken ist?", fragte er Bridget.
„Ja, sicher", antwortete Bridget.
„Es wird nicht Cristoforos letztes Schiff sein, das untergeht. Soweit ich gesehen habe, wird er in seiner Karriere als Kapitän mindestens neun Schiffe versenken. Also - er wird wohl eine Menge Hexen zu suchen haben, bei seinem Pech", sagte Donal.
„Neun Schiffe! Beeindruckend. Pech oder schlechtes Karma, das ist die Frage", sagte Bridget.
„Ich denke, es ist Karma. Es sollte nicht sein erstes Leben als Sklavenhändler sein. Seine Seele war nicht rein wie Wasser oder unschuldig, würde ich sagen. Für mich schien es eher eine alte Seele zu sein, erfüllt von Groll, Grimm und Gier", fügte Aiden hinzu.
„Was auch immer ihn so gemacht hat", sagte Donal.

Von Feen und Elfen

Aiden und seine Mutter Teagan hatten bei einer Tante Schutz gefunden. Da bereits mehrere Monate vergangen waren, konnte Bridget in der Zwischenzeit in die Schule nach Galway zurückkehren und Aiden war nun achtzehn Jahre alt.

Da war ein Klopfen an der Tür. Aiden sprang von seinem Stuhl auf und ging zur Tür, um sie zu öffnen. Er sah Ide vor sich stehen und umarmte sie spontan. „Ide, was für eine Überraschung!", sagte Aiden und lächelte, dann sah er sie an. „Was für eine Freude, dich hier zu sehen, bitte komm herein! Willst du eine Tasse Tee oder etwas zu essen?", fragte Aiden.

„Tee wäre in Ordnung", sagte Ide. „Bridget konnte mir den Weg zu deinem Platz hier beschreiben, also hielten wir, Donal und ich, es für eine gute Idee, hier deine Ausbildung fortzusetzen. Was denkst du? Möchtest du ein paar Feen und Elfen treffen, Aiden?"

„Feen und Elfen? Wow, ja, das klingt wunderbar. Ich würde sie gerne treffen, ja, sicher", sagte Aiden voller Freude, Ide hier im Haus bei sich zu haben.

„Alles klar. Ich kann einige Zeit bleiben, wenn das für deine Tante und deine Mutter in Ordnung ist, und wir können in den kommenden Tagen oder Wochen in die Natur gehen, um die Feen und Elfen zu besuchen. Großartig", sagte Ide.

Beide saßen eine Weile am Tisch und Ide musste Aiden von den Neuigkeiten aus Galway und der Schule erzählen. Er war so interessiert am Leben eines jeden, dass sie sich wirklich lange unterhielten, bis Teagan und Tante Kevina nach Hause zurückkehrten. Sie begrüßten Ide auch und Kevina bot ihr an, so lange zu bleiben, wie sie wollte. Hier in Irland war es normal, dass alle Mitglieder eines Hauses an allen Arbeiten teilnahmen, die durchgeführt werden mussten, um das Leben am Laufen zu halten. Es wäre also keine Last, zwei fleißige Hände mehr im Haus zu haben.

In den kommenden Tagen gingen Ide und Aiden auf die Felder dieses Teils Irlands, der für seine Wälder und Klippen bekannt war. Einer ihrer ersten Spaziergänge war in den Wald. Ide zeigte Aiden ein paar Pflanzen und erklärte ihm, dass es Elfen gibt, die sich um die Pflanzen, ihren Anbau, die Früchte und alles kümmern. Sie sagte Aiden, er solle sich ruhig hinsetzen, da es sich um einige sehr hübsche Blumen handelte. Ide bat Aiden, die Augen zu schließen und ruhig zu werden. Dann versuchte Ide einige Elfen zu kontaktieren. Irgendwie schien es Aiden, dass diese Elfen Ide bereits von früheren Besuchen kannten, aber er könnte sich auch darin irren. Er hatte den Eindruck, dass es hier gerade einige Elfen geben würde. Also öffnete er vorsichtig und langsam seine Augen. Und - ja - er sah einige sehr schöne und zarte Wesen. Wie süß sie waren. Winzige kleine Elfen, wie es schien, aus Licht und Energie gewebt.

Dann sprach Ide mit ihnen und sie tat es mit ihrer normalen Stimme, damit Aiden auch hören konnte, was sie sagte. Sie sprach sehr freundlich mit den Elfen, fragte nach ihrem Wohlbefinden und ob es zu diesen Zeiten etwas Ungewöhnliches für sie gab. Dann fragte sie sie nach diesen Blumen, alles, was man sich vorstellen kann, wie alt sie waren, wann sie blühen und ob diese Blumen auch eine heilende Wirkung haben. Für Aiden war es sehr interessant zu sehen, wie Ide mit diesen Elfen kommunizierte. Es war kein lauter oder rauer Ton in ihrer Stimme, sie redete so voller liebevoller Gefühle, dass Aiden für einen Moment dachte, Ide selbst könnte eine Elfe sein. Dann dankte Ide den Elfen für das gute Gespräch mit ihnen, verabschiedete sich von ihnen und drückte ihnen noch einmal die besten Wünsche von sich selbst und von Aiden aus.

Am nächsten Tag gingen Ide und Aiden tiefer in den Wald hinein, bis sie an einen Ort mit einem kleinen Teich kamen. „Diese Orte im Wald mit Wasser, wie dieser Teich, sind ideal, um Feen zu treffen", erklärte Ide Aiden. „Setz dich, wir werden sehen, ob wir mit einer Fee in Kontakt treten können", schlug sie vor.

Aiden setzte sich, wurde ruhig und beobachtete das stille Wasser und die Pflanzen, die leicht die Blätter im sanften Wind bewegten.

Was war das? Eine Fee! Wow, Ide hatte tatsächlich den Platz einer Fee gefunden! Aiden war wirklich beeindruckt. Dann begann Ide mit der Fee zu reden. Es war ein längeres Gespräch und Aiden hatte den Eindruck, dass die Fee sehr an all den Geschichten interessiert war, die Ide ihr erzählte. An einem Punkt, als sie über alle möglichen Themen sprachen, sogar über die Schule der Galway-Magier, sagte die Fee: „Weißt du, dass es in der Nähe von Galway eine Höhle gibt, in der die Templer einen verborgenen Schatz hinterlassen haben?"

Aiden traute seinen Ohren nicht! Es war eine ziemliche Entfernung zu Galway und sicherlich eine weitere Entfernung zu jener Höhle, die die Fee erwähnte. Wie konnte sie das wissen?

„Oh, wir wissen, dass Templer vor einiger Zeit in Galway gelandet sind und wir wissen auch, dass sie Wissen in Büchern und so weiter mit sich führten. Aber ich wusste nicht, dass es einen Schatz gibt, der in einer Höhle versteckt ist", sagte Ide offen und aufgeschlossen.

„Ja, es ist so", fuhr die Fee fort. „Die Zwerge haben uns das erzählt. Sie schützen den Schatz, damit er nicht in falsche Hände gerät. Du weißt sicherlich, während die Elfen sich um Pflanzen kümmern, kümmern sich die Zwerge um die Schätze der Erde, hauptsächlich um wertvolle Mineralien, aber auch um andere Schätze. Du scheinst mir eine vertrauenswürdige

Person zu sein, daher glaube ich, dass es in Ordnung ist, dich über diesen Schatz zu informieren, vermute ich." Die Fee schien ein bisschen schüchtern zu sein, als sie das sagte, oder unsicher, ob sie gerade ein Geheimnis gelüftet hatte.

„Oh, vielen Dank", fuhr Ide fort. „Du bist zu gütig. Es könnte in der Tat hilfreich sein, diese Zwerge zu besuchen und sie nach dem Schatz der Templer zu fragen. Aber wir müssen auch sehr vorsichtig sein, wenn wir das tun, da nicht alle Menschen gutmütig sind. Wir haben auch einige böse Leute in Galway. Aber ich kann dir versprechen, dass wir wirklich darauf achten werden, den Zwergen oder dem Schatz, den sie beschützen, keine Gefahr oder keinen Schaden zuzufügen."

„Daran gibt es keine Zweifel, junge Dame", sagte die Fee freundlich.

Aiden war beeindruckt und überwältigt. Ide hatte wirklich den richtigen Ton und die richtige Sensibilität, um Vertrauen zwischen sich und der Fee aufzubauen. Was für eine wundervolle junge Frau sie tatsächlich war.

„Ah, da ist noch eine Sache, ich sollte dir auch davon erzählen", begann die Fee wieder zu reden. „Du bist Aiden, richtig? Der Sohn von Owen, ja?"

„Ja das bin ich. Ich bin Aiden, Sohn von Owen, ja", sagte Aiden überrascht, dass die Fee jetzt direkt mit ihm sprach. Das hatte er von einem so feinen Wesen nicht erwartet.

„Aiden, du solltest wissen, um Zugang zum Schatz der Zwerge zu erhalten, musst du bereit sein zu sterben. Wenn du es nicht bist, wirst du scheitern", warnte die Fee.

Aiden war überrascht und irgendwie verstört. „Warum ist das so?", fragte er die Fee.

„Nur so können sie etwas über die Reinheit deines Herzens und deiner Seele herausfinden. Nur wenn die Zwerge das Recht haben, dein Leben sofort zu beenden, kannst du fortfahren. Und wenn du nicht würdig bist, könnten sie dich töten. Überleg es dir also besser genau, ob du wirklich versuchen möchtest, Zugang zu diesem Schatz zu erhalten, Aiden. Viele sind bereits gestorben, das weiß ich. Das solltest du auch wissen."

Ein Schauer lief Aiden über den Rücken. Und er dachte bisher, mit einem Geist zu sprechen wäre gruselig!

Am nächsten Tag ging Ide mit Aiden zu den Klippen. Als sie dort ankamen, breitete Ide ihre Arme in den Wind und sagte: „Was für ein wundervoller Tag heute. Der frische Wind, die saubere Luft. Es ist wunderschön in der Natur, nicht wahr?", sagte sie.

Aiden sah Ides Kleidung im Wind wehen. Er hatte den Eindruck, er könnte durch den dünnen Stoff schauen und er sah deutlich die Konturen von Ides Körper. Wow, was für ein Bild. Aiden spürte, wie sich das Blut zwischen seinen Beinen sammelte, ein Gefühl, das er aus seiner Erfahrung mit Bridget in der Höhle auf der Insel kannte. Aiden bemerkte, dass sein Gesicht heiß wurde und er wusste mit Sicherheit, dass es jetzt tiefrot wurde. Er war immer noch so ein schüchterner junger Mann. Er hoffte, Ide würde seinen roten Schädel nicht sehen, aber sie tat es.

„Aiden?", fragte Ide und Aiden fühlte sich erwischt. Nach einer Pause sagte er: „Ja?"

„Möchtest du den Tod sehen, Aiden? Möchtest du wissen, wie das ist, der letzte Moment in deinem Leben, bevor der Todesengel kommt, um dich mitzunehmen?", fragte Ide.

Aiden fühlte sich unsicher, was er über diese Frage denken sollte. Wollte Ide mit ihm einen Witz machen oder wollte sie ihn bedrohen? Aiden war verwirrt, vielleicht einige Sekunden zu lang, und Ide fuhr fort: „Weißt du, wenn du dich den Zwergen stellen und bereit sein willst zu sterben, solltest du wahrscheinlich wissen, was du dann tun wirst!", sagte sie.

Sie muss es ernst meinen, dachte Aiden. Das war kein Scherz und keine Bedrohung. Es war eine ernste Frage und er wurde gefragt, ob er eine Todeserfahrung machen möchte. Was für eine Frau!

„Okay", hörte Aiden sich sagen. Jetzt fühlte er nicht nur, dass sein Schädel heiß und rot war, sondern Hitze ging über seinen ganzen Körper, auf und ab und er fühlte, dass sein Hemd dadurch nass wurde! War das eine neue Form der Angst, die er noch nie hatte?

„Großartig, okay", sagte Ide. „Dann komm her, steh hier an den Klippen und tritt ein bisschen zurück", bat sie Aiden. Er tat, was ihm gesagt wurde, und stand mit dem Rücken zu den Klippen, damit er Ide sehen konnte, aber nicht den tiefen Abgrund. „Okay, tritt noch ein bisschen zurück, Aiden", bat Ide erneut. „Tritt zurück, geh."

Als Aiden furchtbar nahe am Rand der Klippen stand, bricht plötzlich und unerwartet ein Stein und er rutscht ab. Durch Zufall oder Glück kann er sich gerade noch mit den Händen an der Klippe festhalten. Dann sieht er den Engel des Todes, erschrickt und lässt den Felsen los.

Ide packt Aidens Arm schnell und hält ihn fest. Der Engel des Todes verschwindet und Ide zieht Aiden hoch.

Aiden saß jetzt schweigend und geschockt am Rand der Klippen und kroch dann zitternd vom Rand weg.
„Wie war das?", fragte Ide.
Aiden war immer noch schockiert, als er antwortete: „Das war verrückt. Es kam so schnell und hat mich total erschreckt!"
„Weißt du, Aiden, der Engel des Todes ist nicht dein Feind. Er ist da, um dir zu helfen, damit du nicht alleine sterben musst. Er ist in der Tat dein bester Freund. Da er in deiner letzten Stunde, in deinen letzten Momenten dieses Lebens da

sein wird und dich in diesem Moment niemals alleine lassen wird. Du musst ihn nicht rufen, du musst ihn nicht bitten zu kommen - er wird da sein. Das ist seine Aufgabe und sein wichtigster Wunsch. Um dich niemals alleine sterben zu lassen. Verstehst du das, Aiden?", fragte Ide mit Tränen in den Augen. Sie war offensichtlich bewegt, als sie so deutlich über Aidens Tod sprach. Wie Aiden diese Frau liebte. Er starrte auf ihr Gesicht. Länger als er sollte.

„Willst du es nochmal versuchen?", fragte Ide. Dann lächelte sie. Konnte sie seine Gedanken lesen? War das ihre Art zu sagen: „Denk nicht mal daran, mir näher zu kommen!"

„Nein, nein, nein, nein, nein", sagte Aiden schnell, immer noch verängstigt und verwirrt. „Hast du den Engel des Todes auch schon einmal gesehen, zuvor?", wollte Aiden von Ide wissen.

„Ja. Hab ich. Meiner ist anders als deiner. Meiner ist eine Frau. Eine hübsche", sagte sie kurz. Und nach einer Weile fuhr sie fort: „Und - verliebe dich nicht in mich, Aiden. Konzentriere dich auf deine Ausbildung. Das ist wichtiger für dich. Glaub mir das."

Dann stand sie auf und gab Aiden mit dem Kopf ein Zeichen, ihr nach Hause zu folgen. Sie konnte seine Gedanken lesen; Aiden war sich sicher. Und er war etwas enttäuscht, dass sie nicht in ihn verliebt war, soweit er es beurteilen konnte.

Callahans Vermächtnis

In den letzten Monaten hatte Aiden viel über Pflanzen und ihre Heilungsfähigkeiten gelernt, sowie über Gift in Pflanzen und andere Auswirkungen von ihnen. Es war eine interessante Zeit und er genoss jeden Tag und jede Stunde, wenn Ide ihn von Zeit zu Zeit besuchte.

Wenn sie nicht bei ihm war, arbeitete Aiden weiter mit dem Feuermagiebuch seines Vaters, das er vor ein paar Jahren von seiner Mutter erhalten hatte. Das Buch zu lesen war eine Sache, mit dem Buch zu üben war eine andere Sache.

Außerdem wollte Aiden mehr über seine früheren Leben erfahren. Da er seine Praxis seit seinen ersten Sitzungen mit Cassidy, als sie ihm half Einblicke in sein erstes Leben in Indien zu erhalten, weiterentwickelt hatte, konnte er nun selbst in die Vergangenheit reisen, um frühere Leben zu erkunden.
Dies war ein großer Vorteil, da er seine Eindrücke mit seiner eigenen Geschwindigkeit sammeln konnte und wann immer er die Gelegenheit dazu hatte.

Aiden war jetzt neunzehn Jahre alt und bereits ein junger Magier mit einigen Kenntnissen und Fähigkeiten. Er war noch lange nicht perfekt, aber er hatte in den letzten Jahren in vielerlei Hinsicht große Fortschritte gemacht, vor allem in seinem Charakter. Er war erwachsen und hatte ein viel besseres Verständnis für das Universum, die Energien, die fließen und alles zusammenhalten, die Verbindungen zwischen Menschen, die sich über Jahrhunderte erstrecken, die Regeln und Belohnungen des Karma, die spirituellen Wesenheiten und vieles mehr.

Heute wollte Aiden ein anderes Leben seiner Vergangenheit erforschen, das er noch nicht untersucht hatte. Ein paar Tage zuvor hatte er ein Bild von einem früheren Leben bekommen, in dem er offensichtlich eine Frau gewesen zu sein schien. Das fühlte sich seltsam und ungewöhnlich für ihn an, deshalb wollte er mehr darüber wissen. Er nutzte die Gelegenheit, als seine Tante und seine Mutter das Haus verließen und er ungestört war, um sich zu setzen und sich in einen tiefen Meditationszustand zu führen.

Er ging immer weiter in die Vergangenheit zurück, bis er in die Zeit seines Lebens als Frau kam. Dann schaute er.

Aiden sah sich als junge Frau, die aus ihrer Heimatstadt vertrieben wurde, als sie ein Baby von einem Mann geboren hatte, der sie überredet hatte, mit ihm zu schlafen, und der sie dann nicht heiraten wollte, als sie schwanger wurde. Die Stadtgemeinde hatte kein Verständnis dafür, sie galt als Hure und die Leute lehnten jeden Kontakt mit ihr ab. Sie konnte kein Brot oder keine Milch mehr kaufen, da sie in den Geschäften der Stadt nicht willkommen war. Ihre Schwester, die sie während ihrer Schwangerschaft unterstützt hatte, hatte die Stadt verlassen, da sie die Schande nicht länger ertragen konnte, die ihre Schwester und ihr Bastardkind auch über sie gebracht hatte.

Also beschloss die junge Frau mit Aidens Seele, Penny war ihr Name, die Stadt ebenfalls zu verlassen. Sie hatte keine Ahnung, wohin sie gehen sollte, und verbrachte einige Zeit mit ihrem Baby im Wald, sammelte Beeren und Früchte und was auch immer sie finden konnte. Das war keine dauerhafte Lösung. Sie wusste das. Also suchte sie weiter nach einem besseren Ort, an dem sie mit ihrem Kind bleiben konnte.

Eines Tages kam sie in ein kleines Dorf, ein nicht so sauberes, aber die Leute schienen freundlich zu sein. Es war an der Küste dieses Landes und normalerweise waren die

Straßen voller Fremder, Seeleute aus dem Ausland, die hierher kamen, um mit Waren verschiedener Art zu handeln. Als sie durch die Straßen ging, kam sie an einem Bordell vorbei. Es war ihr klar, als sie das Gemälde einer nackten Frau vor dem Haus in der Nähe der Eingangstür sah. Sollte sie hineingehen? Sie wurde so oft eine Hure genannt, dass sie schließlich anfing zu glauben, eine zu sein. Ja, sie würde den Mut haben, einzutreten. Und so tat sie es.

Im Bordell war eine junge Frau hinter einer Bar. Penny fragte, ob sie hier bleiben und arbeiten könne. Sie würde jede Arbeit machen, was auch immer es sein würde. Sie wollte nur die Möglichkeit haben, ihr Kind in einer Umgebung zu ernähren und aufzuziehen, in der sie nicht weggeschoben wurde, weil das Kind keinen Vater hatte. Sie wurde von der Frau hinter der Bar mit überraschender Freundlichkeit begrüßt und empfangen. Ihr wurde gesagt, sie könne ein Zimmer mit einer kleinen zusätzlichen Kammer für ihr kleines Kind bekommen und sie solle sich Zeit nehmen, um anzukommen und sich von ihrer Reise auszuruhen.

Sie und ihr Sohn bekamen Essen und etwas zu trinken und Penny freute sich, endlich an einem Ort angekommen zu sein, an dem sie hoffentlich länger bleiben konnte. Nach diesem freundlichen Empfang und dem Abendessen ging sie mit ihrem Jungen in ihr Zimmer und schlief lange.

Am nächsten Morgen, als Penny aufwachte, ging sie nach unten, um zu sehen, wie sie ihren weiteren Aufenthalt arrangieren konnte. Die freundliche Frau fragte sie, ob sie wisse, was ein Bordell sei und ob Penny bereit sei, als Prostituierte etwas Geld zu verdienen. Alles war besser als auf der Straße zu verhungern, dachte Penny und entschied, dass sie es versuchen würde. Sie hatte sowieso nicht viel zu verlieren. Ihre einzige Sorge war ihr kleines Kind. Sie würde alles tun, um ihn zu füttern und groß zu ziehen.

Also machte sie den Deal mit der freundlichen Frau. Sie bekam eine Vereinbarung, dass Seeleute, die ins Haus kamen, zu ihr und zu den anderen Frauen in dieser Einrichtung geschickt würden.

Als der erste Seemann in ihr Zimmer kam, fühlte sich Penny unsicher, versuchte aber ruhig zu bleiben. Der Seemann war sehr freundlich zu ihr und bezahlte sie gut für ihren Dienst. Penny fühlte sich danach schmutzig. Sie musste ihren Körper intensiv waschen. Die freundliche Frau von der Bar im Erdgeschoß kam vorbei und brachte ihr frische Handtücher und Seife. Sie erzählte Penny, dass sie wüsste, wie sie sich nach ihrem ersten Mal mit einem Fremden fühlte. Sie sagte, Penny würde sich mit der Zeit daran gewöhnen. Penny hoffte, sie hatte recht.

Im Laufe der Tage und Wochen gewöhnte sich Penny irgendwie an ihren neuen Job. Trotzdem fühlte es sich manchmal nicht richtig an. Es gab Seeleute, die ganz normal waren, andere waren sehr fordernd oder packten sie so stark, dass sie blaue Flecken an ihren Armen und manchmal auch an ihren Beinen bekam.

Das Gefühl, dass sie ihren Körper intensiv waschen musste, verging nie. Für einige Seeleute hatte sie Mitleid, bei anderen war sie angewidert.

Dann kam der Tag, an dem der reichste Mann der Stadt vorbeikam. Das war der pure Horror für Penny. Dieser dicke riesige Mann war sehr fordernd und sprach demütigend mit Penny. Penny spürte, wie Übelkeit in ihr hochstieg und schließlich musste sie sich übergeben, als der dicke Mann weg war.

Und das war nicht das letzte Mal, dass sie das fette, reiche Schwein sah.

Sein nächster Besuch war genauso unangenehm wie der vorherige und Penny zitterte ungefähr eine halbe Stunde lang, nachdem er endlich weg war.

Beim dritten Besuch dieses fetten, demütigenden Mannes überschritt das Grauen Pennys Schmerzgrenze um ein Vielfaches, als dieses fette Schwein Penny brutal vergewaltigte und sie nicht einmal bezahlte. Penny weinte so laut, dass die freundliche Frau aus dem Erdgeschoß nach oben kam, um sich um sie zu kümmern. Sie erklärte Penny, dass sie die Situation nicht wirklich ändern oder effektiv helfen könne, da dieses reiche Schwein die Macht habe, das Bordell zu schließen und sie alle auf die Straße zu werfen.

Penny fühlte sich schrecklich und hoffnungslos. Am Abend, als all diese Frauen wie üblich am Esstisch zusammen saßen, nahm eine schwarzhaarige Frau Penny beiseite. Sie erzählte ihr, dass sie auch ein paar Mal von dem fetten Schwein misshandelt worden war, bevor Penny im Bordell ankam, und dass sie zwei Messer hatte und das nächste Mal das Schwein töten würde, wenn er versuchen würde, sie zu verletzen. Dann übergab sie Penny die Messer, da sie wusste, dass das Schwein lieber weiterhin Penny besuchen würde, als wieder zu ihr zu kommen.

Penny nahm die Messer mit zitternden Händen. Sie hatte alle Nerven verloren, und wenn ihr kleiner Junge nicht gewesen wäre, hätte sie sich mit den Messern die eigene Kehle durchgeschnitten, um ihr Leben zu beenden. Sie dankte der schwarzhaarigen Frau und ging in ihr Zimmer. Die Messer sahen mit ihren gebogenen Klingen wie kleine Sicheln aus. Penny platzierte ein Messer am linken Rand des Bettes und das andere Messer am rechten Rand. Sollte das hässliche fette Schwein sie jemals wieder verletzen, würde Penny die Messer benutzen, dazu war sie entschlossen.

Und der Tag kam früher als sie dachte. Das reiche Schwein kam wieder zu Penny und ohne sie zu begrüßen, warf er sie auf das Bett und beleidigte sie erneut mit demütigenden Worten. Dann zog er seine Hose aus und kam über Penny. Er drang hart in sie ein und ein schrecklicher Schmerz erfüllte Pennys Bauch. Tränen schossen in ihre Augen. Mit zitternden Händen suchte Penny nach den Messern und fand sie. Mit einem Messer in jeder ihrer Hände holte sie weit aus und rammte mit all ihrer Kraft die gebogenen Klingen in die Seiten des Körpers des fetten Schweins. Der Mann schrie und Penny zog schnell die Klingen heraus, verschränkte die Hände vor ihrem Gesicht und schnitt dem hässlichen Schwein von beiden Seiten die Kehle durch. Blut spritzte heraus und lief über das ganze Bett. Das Schwein zuckte ein letztes Mal und fiel dann schwer auf Pennys Körper. Sie musste kämpfen, um ihn abzuwerfen, und der dicke Körper knallte auf den Boden. Es war erledigt. Nie wieder würde dieses fette hässliche Arschloch eine Frau verletzen.

Übergossen mit Blut ging Penny ins Badezimmer, wo sie niedersank und lange weinte. Keine andere Frau kam vorbei. Sie war allein und sie brauchte das.

Als Aiden von seiner Meditation zurückkehrte, war er schockiert. „Ich habe einen weiteren Mann getötet. Ich glaube es nicht", sagte er sich. Er brauchte seine Zeit, um das zu verdauen, also beschloss er, spazieren zu gehen. Er wollte frische Luft haben und fühlte sich elend und verstört von all diesen Eindrücken, die er vor ein paar Minuten hatte.

„Ich war eine Prostituierte und habe einen weiteren Mann getötet. Was für ein schlechtes Karma muss ich haben. Jetzt verstehe ich, warum die meisten Menschen keine Erinnerung an ihr früheres Leben haben. Es ist einfach besser so", sagte sich Aiden.

Aiden ging heute Abend früh ins Bett, konnte aber nicht schlafen. Er musste immer wieder an dieses frühere Leben denken und konnte diese Eindrücke nicht aus seinem Kopf bekommen, jetzt, wo sie freigesetzt worden waren.

Schließlich schlief er extrem spät in der Nacht ein.

Am nächsten Morgen wachte Aiden auf und fühlte sich schrecklich. Aber da war noch etwas anderes. Er wusste es plötzlich. Diese letzte Meditation öffnete eine neue Tür, mit Kraft, mit immenser Kraft. Und es war eine Menge, was Aiden dadurch aushalten musste. Er hatte sich auf die Blicke in seine früheren Leben vorbereitet gefühlt, aber es war letztendlich schwieriger als gedacht, mit diesen Eindrücken umzugehen.

Und jetzt wusste er es. Mehr als er zuerst wissen wollte. Er erkannte jetzt, dass seine Mutter in Indien keine andere Seele war als die von Teagan, seiner Mutter aus seinem gegenwärtigen Leben. Es war ihm jetzt alles so klar. Und die freundliche Frau hinter der Bar im Bordell und die dunkelhaarige Prostituierte, die Penny die Messer gab, das waren Bridgets und Ides Seelen. Aiden war sich jetzt ziemlich sicher. Schließlich der Vergewaltiger aus Indien und das fette Schwein im Bordell, diese beiden ekelhaften Monster, das war Callahans Seele. Er hatte ihn jetzt zweimal getötet und er hatte das Gefühl, er könnte ihn wieder töten und es würde ihm überhaupt nichts ausmachen.

Aiden verbrachte den Tag ruhig und dachte über all seine Eindrücke nach. Er wollte mit jemandem darüber reden, aber mit wem? Seine Mutter und seine Tante wären dafür nicht die richtigen Personen, glaubte er. Ide und Bridget vielleicht? Ja, das wäre eine bessere Wahl. Vielleicht wussten sie auch von ihrem früheren Leben im Bordell? Aber sie waren in Galway und er nicht.

Aiden beschloss, nach Galway zurückzukehren, mit Ide und Bridget über seine neuen Erkenntnisse zu sprechen und sich endlich wieder Callahan zu stellen.

Aiden wollte vorbereitet sein, bevor er zurückkehren würde. Er hatte bemerkt, dass seine Tante neben dem Kamin einen Lederhandschuh für ihre linke Hand hatte. Er fragte sie direkt: „Tante Kevina, darf ich dich etwas fragen?", begann Aiden.

„Ja, klar, was ist?", wollte Kevina wissen.

„Ich sehe, du hast einen Handschuh am Kamin für deine linke Hand. Benutzt du ihn für das Feuer?", fragte Aiden.

„Ja, er schützt meine Hand vor der Hitze der Flammen, wenn ich Holz ins Feuer lege", erklärte Kevina.

„Und du benutzt den Handschuh dann nicht für deine rechte Hand?", fuhr Aiden fort.

„Nein, das brauche ich nicht. Ich mag es, wenn die rechte Hand frei ist und ich nur eine Hand für das Holz brauche. Also, mir geht es gut mit diesem einen Handschuh. Warum fragst du, Aiden?", wollte Kevina wissen.

„Nun, wenn es dir nichts ausmacht - ich könnte einen Handschuh für meine rechte Hand gebrauchen, um ehrlich zu sein. Ich habe ein seltsames Talent, mir immer die rechte Hand zu verbrennen, wenn ich mit dem Feuer spiele, Tante Kevina, weißt du?", sagte Aiden vorsichtig.

„Ah, okay, sicher, du kannst ihn haben. Warte - ich hole ihn für dich", bot Kevina an. Dann stand sie auf, ging zu einer Schublade ihres Schranks und griff nach dem rechten Handschuh, den sie dann Aiden übergab.

„Vielen Dank, Tante Kevina. Das ist ein feiner Lederhandschuh und ich bin mir sicher, dass er mir sehr gut dienen wird. Vielen Dank", sagte Aiden.

„Gern geschehen", antwortete Kevina.

In den kommenden Tagen benutzte Aiden das Buch seines Vaters über Feuermagie, um den Handschuh für seine Verwendung mit den Feuerbällen vorzubereiten. Er imprägnierte den Handschuh mit seinem konzentrierten

Verstand, um besser vor der Hitze der Flammen geschützt zu sein. Damit sollte Aiden in der Lage sein, mehr und größere Feuerbälle zu erschaffen, ohne sich erneut die Haut seiner Hand zu verbrennen. Aiden machte viele Übungen mit dem imprägnierten Handschuh, um zu sehen, ob es funktionierte. Er imprägnierte, schuf Feuerbälle, kleine, größere, imprägnierte, schuf Feuerbälle und so weiter - immer und immer wieder. Aiden brauchte ungefähr zwei volle Wochen, bis er mit dem Ergebnis zufrieden war. Er konnte jetzt mit seiner rechten Hand riesige Feuerbälle erschaffen und hatte eine gute Kontrolle über sie, ohne seine Hand zu verletzen, da der imprägnierte magische Handschuh gut funktionierte. Aiden war sehr zufrieden und fühlte sich bereit, zum letzten Showdown mit Callahan nach Galway zurückzukehren.

Aber - vorher musste noch etwas getan werden. Aiden wollte einen Holzstab wie den, der für die Bremse des Wagens verwendet wurde, welchen er fuhr, als er den Vergewaltiger in Indien tötete. Und er wollte zwei Messer mit gebogenen Klingen haben, dieselben, die er benutzt hatte, um das fette Schwein im Bordell zu töten. Ja, er brauchte zuerst diese Gegenstände, und dann würde er sich endlich Callahan stellen.

Der Holzstab war nicht schwer zu finden, Messer mit gebogenen Klingen waren eine größere Herausforderung. Für diese ging Aiden in die Vergangenheit, nur vier Wochen, und er stellte sich einen reisenden Händler vor, der diese Messer kaufte und sie in den Laden in der nächsten Stadt in der Nähe brachte. Als Aiden von seiner Visualisierung zurückkam, war er ziemlich zuversichtlich, dass die Messer dort im Laden sein würden, wie er es sich vorgestellt hatte. Er würde es versuchen.

90

Früh am nächsten Morgen ging Aiden in die Stadt und ging direkt zum Laden, wo er vermutete, dass er die Messer finden würde. Er betrat den Laden und fragte, ob sie Messer mit gebogenen Klingen verkaufen würden. Der Händler hinter dem Tresen lächelte und sagte ja, er hätte vor ein paar Tagen ein paar schöne Messer dieser Art von einem reisenden Händler bekommen, der vorbeikam. Aiden lächelte. Es hatte funktioniert. Aiden sah die beiden Messer und sie sahen genauso aus wie die von Penny. Er nahm sie beide gerne und bezahlte sie entsprechend.

Jetzt fühlte sich Aiden vorbereitet und stark. Am frühen Nachmittag beschloss er, seiner Tante und seiner Mutter zu sagen, dass er die Schule der Galway-Magier besuchen würde. Teagan und Kevina waren ein bisschen überrascht, aber warum nicht? Vielleicht hatte sich die Zeit nach all diesen Monaten geändert und es wäre gut, wenn Teagan auch endlich nach Hause zurückkehren könnte. Wenn Aiden von dieser Möglichkeit erfahren würde, wäre es großartig. Teagan sagte Aiden, er solle vorsichtig sein und er versprach seiner Mutter, dass er es sein würde.

Als Aiden in der Schule der Magier von Galway ankam, klopfte er an die Tür und Donal öffnete sie und umarmte Aiden. Dann sagte er: „Aiden, willkommen zurück. Es ist gut, dich zu sehen. Ich hatte schon erwartet, dass du kommst. Möchtest du bitte mit mir eine Tasse Tee trinken?" Donal lud Aiden mit einer Geste ein, ihm zu folgen.

„Ja sicher. Schön dich auch zu sehen, Donal, und ja, ich würde gerne eine Tasse Tee mit dir trinken", antwortete Aiden.

Beide machten einen Spaziergang zum zentralen Schulgebäude, wo Ide und Bridget bereits auf Aiden warteten, der auf sie zu lief, um sie ebenfalls zu umarmen.

„Ide, Bridget, was für eine Freude, euch wiederzusehen!", sagte Aiden mit einem Lächeln im Gesicht, das immer noch staubig von seiner Reise war.

Sie saßen zusammen am Tisch und Donal begann zu sprechen: „Aiden, ich würde gerne mit dir reden. Bitte sei nicht verärgert, dass ich so direkt spreche. Es ist - ich bin besorgt über einige Dinge, die derzeit vor sich gehen."

„Ich werde nicht verärgert sein, Donal. Bitte fahre fort, was ist es?", antwortete Aiden.

Donal holte tief Luft, bevor er sagte: „Ich weiß, dass du deine Ausbildung fortgesetzt hast, während du nicht in Galway warst. Bridget und Ide haben mich über deine guten Fortschritte informiert, und ich bin ehrlich gesagt schrecklich froh darüber. Und dann habe ich gesehen, dass du auch einige Übungen gemacht hast, um in deine früheren Leben zurückzugehen, um mehr darüber zu erfahren. Und damit bin ich völlig einverstanden. Es ist nur gut für dich, nicht zu schnell auf deine neuesten Erkenntnisse zu reagieren. Einige unserer verlorenen Erinnerungen, die wir durch unsere Einblicke in frühere Leben zurückerhalten, können verstörend sein und uns Probleme bereiten, würde ich sagen - aus eigener Erfahrung. Ich weiß, dass du", und Donal holte tief Luft, bevor er weiter sprach: „Callahan in deinen früheren Leben gesehen hast und dass du ihn oder seine früheren Inkarnationen bereits zweimal getötet hast."

Aiden sah Donal sehr interessiert in die Augen. Er betrachtete Donal immer noch als seinen Mentor und Lehrer und er hatte Vertrauen in Donals Urteil. Im Moment war er neugierig, was Donal über diese Ereignisse in den früheren Leben von Aiden und Callahan empfehlen würde.

„Weißt du, Aiden, ich weiß, dass du dich auf die Konfrontation mit Callahan vorbereitet hast. Du weißt, dass er in deinem und dem früheren Leben deiner Mutter eine sehr unangenehme Rolle gespielt hat und dass du es als richtig gefühlt hast und es immer noch als richtig fühlst, ihn für das getötet zu haben, was er getan hat. Ich kann deine Handlungen vollständig verstehen, glaub mir das", sagte Donal und nach einer weiteren kurzen Pause fuhr er fort: „Du hast deinen Holzstab und deine beiden Messer, die du jetzt verwenden möchtest, um Callahan erneut zu töten - wie er es verdient, da er zu dir und deiner Mutter wieder so unangenehm ist, oder?"

„Ja richtig. Und ich schätze dein offenes und freimütiges Gespräch, Donal. Willst du es mir jetzt ausreden?", vermutete Aiden.

Donal seufzte. „Nein, nicht wirklich, Aiden. Wie du weißt, glaube ich fest an Selbstverantwortung. Ich glaube, dass es schlussendlich deine Entscheidung sein wird, und das ist natürlich für mich völlig akzeptabel. Andererseits, glaube ich, sollte ich dich dazu bringen, dich mit mir und Ide und Bridget hier bei einer Tasse Tee zusammenzusetzen, damit du darüber nachdenkst was du tun wirst. In der Tat - wenn wir alle ehrlich sind - wissen wir alle, dass Callahan immer noch ein Schwein mit einem fauligen Charakter ist, daran besteht überhaupt kein Zweifel. Aber wenn wir weiterhin ehrlich auf unsere aktuelle Situation schauen, hat er dich bisher nur aus seiner Hütte gestoßen und von seinem Land vertrieben. Diesmal hat er noch niemanden getötet oder vergewaltigt. Richtig?"

Aiden dachte darüber nach und sagte dann: „Ja, richtig."

„Also, denkst du, es ist angebracht, ihn dann für seinen Stoß zu töten?", fragte Donal Aiden.

„Ich weiß, was du meinst, Donal, aber ich bin verärgert und voller Wut, wenn ich darüber nachdenke, was er mir zuvor angetan hat, verstehst du das, Donal?", fragte Aiden.

„Ich verstehe dich, Aiden. Vollständig", sagte Bridget. „Ich war auch im Bordell und Callahan hat mich vergewaltigt. Du hast mich vielleicht dort erkannt, oder? Und als ich davon erfuhr, wollte ich Callahan zuerst auch töten. Und ich hasse ihn und seine schmutzigen Freunde hier in Galway immer noch. Die sind widerwärtig. Aber - ich habe gelernt zu akzeptieren, dass Callahan sich nicht erinnert, obwohl wir wissen, was er getan hat. Er hat nur seinen begrenzten Verstand, seine Dummheit, seine Gier und seinen fauligen Charakter. Aber er hat keine Ahnung, warum er so ein Idiot ist!", sagte Bridget.

„Ja, und ich war es, der Bridget zum Nachdenken gebracht hat, als sie es herausfand und vor ein paar Jahren versuchte, den Bürgermeister mit einem Messer zu jagen", fuhr Donal fort.

„Ja, und jetzt willst du es mir ausreden, das verstehe ich", schloss Aiden mit einem Lächeln. „Das ist sehr nett von dir und ich schätze deine Besorgnis sehr, aber ich werde vorbereitet bleiben, da ich Callahans faulige Seele jetzt kenne und ich bin bereit, ihm sein Leben zu nehmen, wann immer es mir notwendig erscheint. Es gibt keine Möglichkeit, mich davon abzubringen, glaub mir."

„Und du weißt auch über das Karma Bescheid. Ich bin sicher, du bist dir dessen voll bewusst, und das müssen wir auch nicht erwähnen, Aiden, oder?", fügte Donal ruhig hinzu.

„Ja, darüber habe ich auch nachgedacht. Mein Karma ist schon schlecht nach diesen beiden Morden, zumindest bleibe ich auf meinem Kurs", antwortete Aiden.

„Lass mich dich nur bitten, Aiden, dass du weiterhin über all das nachdenkst und nicht aus einem Impuls heraus handelst, du könntest es bereuen. Wenn du etwas Schlechtes tust, hast du eine ewige Zeitspanne, um es zu korrigieren. Ich denke nur, es ist besser, einige dumme Handlungen zu vermeiden und schlechtes Karma zu vermeiden, bevor es entsteht. Du erhältst dann bessere Belohnungen und früher. Es lohnt sich darüber nachzudenken. Du kannst einen Stock in einer Sekunde in zwei Teile zerbrechen, aber es dauert Jahre, bis ein neuer für dich wächst. Denk daran, wenn du versuchst, aus einem Impuls heraus zu handeln. Manchmal brauchen wir schnelle Aktionen - frag Ide - als sie schnell deine Hand ergriff und dich daran hinderte, von den Klippen in deinen sicheren Tod zu fallen. Und manchmal müssen wir zuerst nachdenken und vielleicht unsere Handlungen für einige höhere Werte überspringen. Niemand sagt, dass es einfach ist. Zumindest ist es gut, dich zurück zu haben, Aiden. Lass uns jetzt deine Ankunft feiern und über andere Dinge sprechen, oder?", sagte Donal.

„Ja. Vielen Dank für deine Bedenken. Vielleicht werde ich darüber nachdenken", sagte Aiden mit einem Lächeln.

Die Höhle

Cassidy betrat den Raum des Hauptgebäudes, als alle Magier und Studenten zum Abendessen am Tisch saßen. Obwohl jeder es hören konnte, sagte sie zu Donal: „Donal, wir haben jemanden in Galway, der von den Templern abstammt. Colin ist sein Name. Ich habe mit ihm gesprochen und er bestätigte, dass er von seinem Großvater und seinem Vater von dem Schatz gehört hatte. Obwohl er nicht genau weiß, wo sich dieser Schatz befinden könnte, ist er bereit, mit uns eine Expedition zu unternehmen, um danach zu suchen."

„Das sind vielversprechende Neuigkeiten, Cassidy. Vielen Dank für deine Untersuchung in diesem Fall!", sagte Donal.

„Und -", fuhr Cassidy fort, „ich habe auch jemanden gefunden, der mit den Höhlen in unserer Gegend um Galway vertraut ist. Finn ist sein Name. Ich habe auch mit ihm gesprochen und er sagte, er kenne einige Höhlen hier, aber nur eine davon ist etwas unerforscht, so dass er sich vorstellen könnte, etwas darin zu finden, was er noch nicht entdeckt hätte. Es klang für mich vielversprechend, deshalb habe ich ihn auch zu einem Treffen eingeladen, um eine Expedition zu dieser speziellen Höhle zu besprechen, die er im Sinn hat."

„Das klingt auch sehr vielversprechend. Vielleicht haben wir mit diesen beiden Herren die Chance, diesen alten Schatz der Templer wirklich zu finden", sagte Donal und nickte zufrieden.

Aiden fragte: „Was nun? Während ich nicht hier war, habt ihr Ermittlungen eingeleitet, um hier in Galway nach dem Schatz der Templer zu suchen? Und niemand hat mir davon erzählt? Kann ich auch mitmachen?", fragte Aiden.

„Natürlich, Aiden. Du solltest auch Teil unseres Expeditionsteams sein. Ich hatte gehofft, dass du interessiert sein würdest", stimmte Donal zu und tippte Aiden auf die Schulter.

In dieser Nacht kam Verrat über die Magier, aus ihren eigenen Reihen. Ein dunkler Schatten war zu sehen, als er durch die Tür in der Wand des Schulbereichs in Richtung der Stadt Galway trat. Die Gestalt ging schnell durch die Dunkelheit und hielt dabei Ausschau nach Verfolgern. Als die Gestalt die Stadt erreichte, betrat sie das Haus von Sheila, Ciaras Mutter.

„Ich habe Neuigkeiten für dich, Mutter!", sagte Ciara zu Sheila, die vor dem Feuer saß, ihre schmutzigen Fingernägel mit dem Mund säuberte und den Schmutz auf den Boden spuckte.

„Ah, was ist los, Ciara?", fragte Sheila neugierig.

„Donal will ein Team bilden und sie wollen eine Expedition zu einer Höhle unternehmen, wo sie glauben, dass ein Schatz versteckt sein könnte", verriet Ciara.

„Was für ein zuverlässiger Spion du bist, meine Tochter! Das wird uns großen Reichtum bringen, wenn wir diesen ahnungslosen Narren den Schatz aus den Händen stehlen. Hi hi hi…", lachte Sheila wie eine Hexe mit einem bösen Plan.

Dann riet sie ihrer Tochter, in die Schule zurückzukehren und engen Kontakt zu halten, um genauere Informationen über die Expedition zu erhalten, worauf sie abzielte und wann sie beginnen würde. Je mehr sie wusste, desto besser konnte sie sich einmischen, um den Schatz zu stehlen. Sie hatte sich Truhen voller Gold und Edelsteine vorgestellt und konnte in dieser Nacht nicht schlafen, da sie darüber nachdenken musste, wie sie vorgehen würde, um diesen unglaublichen Reichtum für sich selbst zu erlangen.

Einige Tage später kamen Colin und Finn zur Schule, für das Treffen über die Expedition. Sie saßen zusammen im Hauptgebäude und Finn legte eine Karte auf den Tisch. „Wenn ich dich richtig verstanden habe, Cassidy", begann Finn zu sprechen, „dann ist der wahrscheinlichste Ort, an dem ich einen verborgenen Schatz annehmen würde, hier in dieser Höhle." Finn zeigte mit dem Finger auf die Karte und zahlreiche neugierige Augenpaare schauten auf die Karte.

„Das ist nicht zu weit von hier entfernt", sagte Donal. „Wenn wir unser Team zusammenstellen und morgen früh mit unserer Annäherung an die Höhle beginnen, sollten wir tagsüber dort ankommen. Dann, Finn, was denkst du, wie lange könnten wir in der Höhle brauchen, um sie zu untersuchen?", fragte Donal.

„Nun, das ist schwer zu sagen. Wenn wir davon ausgehen, dass wir Abschnitte haben, auf die möglicherweise nur schwer zugegriffen werden kann, wenn wir Steine entfernen oder uns in einige Abschnitte hineinarbeiten müssen, kann dies einige Tage dauern. Wir sollten auf einen längeren Aufenthalt vorbereitet sein, würde ich empfehlen, um zumindest für ein paar Tage Wasser und Essen zu haben. Damit sind wir auf der sicheren Seite, wie auch immer sich die Dinge entwickeln", empfahl Finn.

„Ja, das hört sich gut für mich an", stimmte Donal zu. „Okay, wen haben wir dann im Team? Soweit ich weiß, bist du es, Finn, als unser Höhlenspezialist, du, Colin, als unser Vertreter für die Templer, was ich für wichtig halte, da es aus meiner Sicht immer noch Eigentum des Templerordens ist und wir nicht beabsichtigen es zu stehlen", erklärte Donal.

„Das schätze ich sehr, Donal", sagte Colin.

„Dann möchte Aiden mitmachen, da er der Nachfolger von Owen ist, seinem Vater, der zuvor schon an unseren Expeditionsaktivitäten beteiligt war, und wir sollten Ide im Team haben, da sie möglicherweise in der Lage ist, mit den Zwergen zu helfen, von denen wir erwarten, dass wir sie dort auch treffen werden. Sonst noch jemand?", fasste Donal zusammen.

„Ich möchte auch mitmachen!", sagte Ciara mit lauter Stimme. „Ich kann euch mit den Steinen helfen, da ich einige sehr effektive Zaubersprüche habe, um Erde, Schmutz und Hindernisse aller Art zu bewegen!"

„Einverstanden. Großartig, dann haben wir unser Team!", sagte Donal.

„Was ist mit dir, Donal, und mit Cassidy? Willst du nicht mitmachen?", wollte Aiden wissen.

„Ich würde lieber mit Cassidy in der Schule bleiben. Ich mag enge Höhlen in meinem Alter eigentlich nicht und zusammen mit Cassidy können wir hier eher wichtige Arbeit leisten. Obwohl ich sehr neugierig bin auf das Ergebnis dieser Expedition, werde ich die Erfahrung dieses Abenteuers euch jüngeren Leuten überlassen", sagte Donal mit einem Lächeln im Gesicht.

Ciara ging heute Abend wieder hinaus, um die Magier zu betrügen, indem sie ihre Mutter unter dem Schutz der Dunkelheit besuchte, und sie zeigte Sheila den Ort der Höhle, wie sie ihn auf der Karte ausspioniert hatte, die Finn gezeigt hatte.

„Wenn sie den Schatz gefunden haben, wird es wichtig sein, dass wir ihn in unsere Hände bekommen, Ciara. Ich werde da sein, um dir zu helfen, das verspreche ich. Wenn du die Möglichkeit hast, für unseren Zweck zu handeln, warte nicht auf mich, Ciara. Wir wissen nicht, wie schwierig oder einfach es sein wird, das Gold zu stehlen. Wir müssen jede Chance nutzen, die wir bekommen. Hast du das verstanden?", fragte Sheila ihre Tochter.

„Ich bin nicht dumm, Mutter. Du wirst sehen, ich kann ihnen das Gold aus den Händen reißen, ohne dass sie wissen, was passiert ist. Ich habe bereits einen Plan", sagte Ciara. „Und jetzt muss ich zurückkehren, um etwas zu schlafen, bevor wir morgen auf die Reise gehen."

Aiden stand am frühen Morgen auf, da er ungeduldig war, mit den anderen auf Expedition zu gehen. Er überprüfte sein Gepäck erneut und überlegte, was er außer Kleidung, Essen und Wasser mitnehmen wollte. Er schaute auf den Holzstock und obwohl er nicht sicher war, ob er ihn brauchen würde, da er nicht erwartet hatte, Callahan auf der Reise zu treffen, beschloss er, den Stock als Spazierstock zu benutzen. Und er würde auch die beiden Messer mitnehmen. Er befestigte sie an seinem Gürtel - eines links und eines rechts. Er hatte auch seinen Feuerhandschuh in seinem Gepäck, da es nicht schaden würde, ein Feuer für die Nacht oder das Abendessen zu machen.

Dann versammelte sich das Team im zentralen Schulgebäude und nach einer kurzen Einführung in die bevorstehenden Aufgaben des Tages verabschiedeten sie sich von denen, die in der Schule blieben und begannen ihre Reise zur Höhle.

Am frühen Nachmittag erreichten sie die Höhle. Es war ziemlich dunkel darin, sie schien kein Ende zu haben, da die Tunnel beeindruckend lang waren.

„Lasst uns hier eine kurze Pause machen, bevor wir die Höhle betreten und ein paar Fackeln vorbereiten. Wir werden sie brauchen, sobald wir tiefer im Inneren sind", empfahl Finn. Dann fuhr er fort: „Als ich das letzte Mal hier war, habe ich bereits eine Karte der Tunnel der Höhle gezeichnet, soweit ich sie erkunden konnte. Das wird uns helfen, zu entscheiden, in welche Richtung wir abbiegen sollen, sobald wir drin sind. Und es könnte auch ein Indikator für uns sein, wo wir möglicherweise auch einige versteckte Tunnel vermuten."

„Und was ist mit den Zwergen, Ide?", fragte Aiden. „Erinnerst du dich, was die Fee gesagt hat? Wirst du mir sagen, wenn sie für dich sichtbar sind?" Ide wusste, dass Aiden besorgt war über die Rede der Fee, dass er bereit sein sollte zu sterben, wenn er zum Schatz gehen wollte.

„Natürlich, werde ich. Es besteht kein Grund zur Sorge", sagte Ide ruhig.

„Als ich das letzte Mal hier war, gab es keinen Zwerg, glaubt mir das!", sagte Finn mit einem Lächeln. „Ihr solltet nicht alles glauben, was die Leute sagen."

„Wir werden sehen", fügte Ide hinzu.

Nach der kurzen Pause betrat das Team die Höhle. Finn führte sie durch die Tunnel und sie inspizierten sorgfältig jede Wand auf Anzeichen für einen möglichen versteckten Tunnel oder Raum. Je tiefer sie kamen, desto dunkler war es und sie mussten die Fackeln benutzen, die Finn mitgebracht hatte. Dann bemerkte Colin ein Zeichen an einer Wand. Es war ein kleines Kreuz. „Schaut her!", sagte er zu den anderen. „Dieses kleine Kreuz an der Wand sieht aus wie ein Zeichen der Templer. Ich bin sicher, das ist ein Hinweis darauf, dass wir etwas hinter dieser Mauer finden werden. Versuchen wir, die Steine zu entfernen!", empfahl er den anderen.

Finn inspizierte auch die Wand und bestätigte: „Ja, diese Wand sieht nicht natürlich aus. Wenn ihr genauer hinschaut, könnt ihr sehen, dass sie aus kleinen und großen Steinen gebaut wurde. Sie ist künstlich, würde ich sagen."

„Okay, dann - Ciara, kannst du mit deiner magischen Expertise die Wand für uns entfernen?", fragte Aiden.

„Um ehrlich zu sein, kann ich nicht", gab Ciara zu. „Ich war neugierig und wollte auf dieser Expedition sein, aber ich kann diese Steine nicht wirklich entfernen. Es tut mir leid. Ich habe auch nicht geglaubt, dass wir etwas Interessantes finden würden."

„Wow, großartig", beschwerte sich Aiden. Dann nahm er seinen Holzstab und versuchte ihn als Hebel gegen einige der Steine zu benutzen.

Nachdem er einen kleinen Stein unter den Stock gelegt und diesen unter einen größeren Stein der Mauer platziert hatte, gelang es ihm schließlich, einen ersten kleinen Teil der Mauer mit seinem Stock zu bewegen. Das ermutigte ihn und er arbeitete weiter an der Wand - bis schließlich der erste Stein freigesetzt wurde und ein kleines Loch am Boden dieser künstlichen Wand sichtbar war. Aiden versuchte hinein zu schauen, aber hinter der Wand war es zu dunkel. Also arbeitete er weiter an dem Loch. Ein zweiter Stein löste sich und wurde entfernt, dann wurde die Mauer immer schneller abgerissen. Alle Hände arbeiteten zusammen, und die gelösten Steine wurden weggenommen und in einiger Entfernung zu dem Loch platziert, das jetzt groß genug war, um hindurch zu klettern.

„Wer will zuerst gehen?", fragte Aiden. „Colin, möchtest du den ersten Schritt hinein machen? Als unser Vertreter für die Templer?"

„Sicher, warum nicht", sagte Colin. Er nahm eine Fackel von Finn und stieg ein. „Wow, da ist eine Truhe!", hörte das Team ihn sagen. Ciara war neugierig und konnte es kaum erwarten, also stieg sie auch in das Loch. „Wow, eine Schatzkiste! Öffne sie, öffne sie, schnell!", bat sie Colin.

Da es kein Schloss an der Truhe gab, konnte Colin sie leicht öffnen und das Gold in der Truhe funkelte und leuchtete im Licht der Fackel.

„Wow, wir sind reich!" schrie Ciara. „Wir haben es! Ja!"

„Okay", sagte Finn, „lasst uns versuchen, die Truhe durch das Loch zu bewegen, um sie herauszuholen. Dann können wir sie überprüfen, ob auch noch etwas anderes drin ist."

Ciara packte eine Seite der Truhe und zog sie fest, Colin half ihr, und es gelang ihnen, die Truhe zum Loch zu ziehen und sie dann nach draußen zum Team zu schieben. Dann stiegen Ciara und Colin aus dem kleinen Raum zurück in den Tunnel, wo die anderen standen.

Als sie alle in die Truhe geschaut und das ganze Gold darin gesehen hatten, sagte Colin: „Das war zu einfach. Das war irgendwie der Stil der Templer, ein Zeichen an der Wand zu haben, um den Ort zu markieren, an dem die Truhe versteckt war, aber ich glaube, in dieser Höhle könnte mehr sein als nur diese goldene Truhe. Es ist nur ein Gefühl. Ich kann es nicht erklären, ich denke nur, da ich meinen Großvater kannte, denke ich, es könnte noch mehr geben.“

„Ah, ich bin gelangweilt und müde“, beschwerte sich Ciara. „Wenn ihr in die Höhle gehen wollt, dann geht. Ich werde hier bleiben und stattdessen eine Pause machen. Wenn ihr mit leeren Händen zurückkommt, können wir die Höhle gemeinsam verlassen. Klingt nach einem Plan, ja?“

„Ich glaube, Colin hat recht. Möglicherweise ist noch mehr zu finden. Ich möchte die Suche fortsetzen. Diejenigen, die weitermachen wollen, kommen mit uns, der Rest könnte hier warten, okay?“, schlug Aiden vor.

Ciara war die einzige im Team, die bleiben wollte, die anderen stimmten zu, weiter zu suchen und tiefer in die Höhle zu gehen. Ciara lächelte. Sie war kurz davor, mit ihrem Plan Erfolg zu haben, nur ein paar Momente und dann würde es geschehen!

Als das Team tiefer in die Höhle ging, konzentrierte Ciara ihre Gedanken und ließ die Decke der Höhle einstürzen. Steine fielen mit einem lauten Geräusch in den Tunnel und Staub erfüllte die Luft. Das Team war eingeschlossen und konnte ihr nicht nachkommen, wenn sie mit dem Gold fliehen würde!

„Oh mein Gott, oh mein Gott! Ihr alle werdet sterben! Oh mein Gott!“, rief Ciara und hoffte, die anderen würden ihr die Verzweiflung glauben, die sie für sie spielte.

Sheila, die bereits am Eingang der Höhle angekommen war, hörte die fallenden Steine und Ciaras Geschrei. Sie beschloss, die Höhle zu betreten und hoffte, Ciara mit einem reichen

Schatz darin zu finden. Und sie tat es. Zusammen nahmen Ciara und Sheila die Truhe und ließen das Team in den Tunneln eingeschlossen, wo diese sterben würden, während sie selbst reich waren.

Finn konnte es nicht glauben. „Wie konnte das passieren?“, fragte er überrascht. „Ich war in so vielen Höhlen, diese Höhlen sind Hunderte von Jahren alt oder älter und warum bricht sie zu der Zeit zusammen, wenn wir genau hier sind? Einer von euch ist verflucht! Ich habe keine andere Erklärung. Und ich denke du bist es, Colin. Du hast zuerst den Schatz berührt, also ist vielleicht der Fluch der Templer über dich gekommen! Oder du bist es, Aiden. Du hast die Wand mit dem Kreuz entfernt! Einer von euch ist verflucht! Verdammt, verdammt!“

„Vielleicht bist es sogar du, Finn“, antwortete Colin, „mit deinem Gefluche auf alles.“

„Vielleicht sollten wir uns alle beruhigen und stattdessen an einem Rettungsplan arbeiten, wie wäre es damit?“, fragte Ide.

„Ja, du hast recht, Ide. Beschwerde hilft nicht. Wir sollten versuchen herauszufinden, welche Optionen wir haben und dann entscheiden, wie wir vorgehen werden. Das Entfernen dieser massiven Steine hier wird nicht funktionieren, soviel ist sicher“, schloss Aiden.

„Wenn ich auf meine Karte schaue, gibt es einige Tunnel, die wir noch nicht genauer erkundet haben. Wir könnten versuchen, am Ende eines dieser Tunnel einen weiteren Ausweg zu finden. Wie hört sich das an?“, fragte Finn.

„Wenn ich auf deine Karte schaue, Finn, würde ich nicht wissen, wo ich anfangen soll. Es könnte Stunden dauern, unsere Fackeln werden niederbrennen und wir werden in der Dunkelheit stecken bleiben, wenn wir versagen“, befürchtete Aiden.

„Wir haben noch eine Chance“, sagte Ide, „zeig mir bitte die Karte, Finn.“ Als Finn Ide die Karte reichte, sah sie sich diese sorgfältig und konzentriert an. „Was ist das - hier? Der Kreis hier auf der Karte, was ist das?" fragte sie.

„Das ist Wasser in einem der Tunnel. Ich habe es auf der Karte markiert, da ich nicht wieder nass werden wollte, wenn ich ein zweites Mal zurückkommen würde. Beim ersten Mal bin ich in dieses Wasserloch gefallen, als ich auf dem nassen Boden ausgerutscht bin", erklärte Finn.

„Okay, das könnte unsere Chance sein", fuhr Ide fort, „dann lass uns zum Wasserloch gehen und sehen, ob wir dort jemanden finden können!"

„Bist du krank?", fragte Finn, „Wer sollte da sein? Wir sind unter der Erde. Niemand wird da sein. Das letzte Mal war auch niemand da. Es ist viel zu tief in den Tunneln!"

„Hab ein bisschen Vertrauen", schlug Aiden vor, als er eine Idee hatte, was Ide am Wasserloch erwartete.

Nach einem kurzen Spaziergang durch die Tunnel und aufgrund der genauen Karte von Finn erreichte die Gruppe schließlich das Wasserloch.

„Setzt euch und ruht euch bitte aus", bat Ide die anderen. Dann setzte sie sich auch und schaute mit der Fackel in der Hand auf das Wasser. „Hallo", sagte sie leise. „Darf ich bitte mit einem von euch sprechen? - Hallo? Bitte, würdet ihr bitte mit mir sprechen?"

Nichts passierte.

„Ich habe dir gesagt, hier ist niemand! Siehst du jetzt?", sagte Finn frustriert.

„Halt die Klappe", sagte Ide und beruhigte sich dann und fügte hinzu „bitte. Entschuldigung für meinen Ton, Finn. Ich versuche nur, Kontakt mit einer Elfe oder eher mit einem Zwerg aufzunehmen. Lass es mich bitte versuchen, und sei eine Weile ruhig, okay?"

Plötzlich fiel ein Stein von der Decke und krachte ins Wasserloch. Dann hörten sie eine Stimme: „Was wollt ihr?

Seid ihr gekommen, um die Höhle zu zerstören? Ihr werdet hier sterben! Alle von euch! Das habt ihr verdient!", sagte die wütende Stimme.

„Oh bitte, nein", sagte Ide ruhig, „wir kamen hierher, weil wir die Höhle erkunden wollten. Wir haben nicht die Absicht, etwas zu zerstören. Steine fielen herunter und haben uns eingesperrt. Und jetzt versuchen wir einfach, einen Ausweg zu finden. Wir wollen hier nicht sterben, verstehst du?"

„Aber du wirst sterben! Wenn du lügst, wirst du sterben! Hörst du mich?", fragte die wütende Stimme.

„Ja, natürlich kann ich dich hören. Bitte, du kannst mein Herz untersuchen, das weiß ich. Schau und sieh, dass ich die Wahrheit spreche. Wir versuchen zu überleben, und das ist der Grund, warum wir zu diesem Wasserloch gekommen sind - um mit dir zu sprechen und um deine Hilfe zu bitten. Um einen Ausweg aus diesen Tunneln zu finden", erklärte Ide erneut.

„Ihr seid gekommen, um zu stehlen! Ich weiß das! Ihr seid gekommen, um zu stehlen, und ihr werdet hier in der Höhle sterben! Das ist es! Jetzt sterbt still, ihr Feiglinge!", rief die wütende Stimme. Dann wehte eine starke Brise durch die Tunnel und alle Fackeln gingen aus.

„Verdammt! Ich wusste es! Ihr seid verflucht! Verdammt!", hörte Ide und sie wusste, dass das wieder Finn war.

Totale Dunkelheit umgab die Gruppe, es gab überhaupt kein Licht. Sie waren im Tunnel eingeschlossen und das einzige, was sie wahrnehmen konnten, war das Geräusch ihrer Atemzüge. Dann gab es ein weiteres leises Geräusch. Jemand kramte in seinem Rucksack.

„Ah, hier ist er endlich!", hörte Ide Aidens Stimme. Dann sah sie eine Lichtkugel, nein, es war ein Feuerball in Aidens Hand. Er hatte nach dem Lederhandschuh in seinem Rucksack gesucht, ihn angezogen und dann den Feuerball geschaffen, um die Fackeln wieder anzuzünden.

Als die erste Fackel wieder brannte, verschwand der Feuerball.

„Wow, was war das? Bist du ein Zauberer?", fragte Colin.

„Magier ist das richtige Wort. Ich bin kein Zauberer, ich bin ein Magier", beharrte Aiden.

„Wer bist du, Junge?", hörte Aiden die wütende Stimme sagen.

„Ich bin Aiden, Sohn von Owen, Sir - und wer sind Sie, wenn ich fragen darf, bitte?", wollte Aiden wissen.

„Ich bin Root! Und ich bin der Anführer der Zwerge hier in dieser Höhle. Wir schützen diese natürlichen Tunnel und die darin enthaltenen Schätze. Und du sprichst mit Feuerwesen, oder?", fragte der Zwerg.

„Um ehrlich zu sein, bin ich noch ein Anfänger. Ich hatte so meine Momente. Sagen wir mal, auf einige Ergebnisse bin ich nicht sehr stolz", gab Aiden zu. „Wir kamen hierher, um nach dem Schatz der Templer zu suchen, von dem wir glaubten, dass er hier in dieser Höhle versteckt ist, Root."

„Und dann wollt ihr ihn stehlen! Ihr alle werdet sterben!", sagte Root erneut wütend.

„Wir wollen nichts stehlen, bitte glauben Sie uns. Wir kamen hierher, um zu erkunden, um zu sehen, was wir finden können, und wir fanden eine Schatzkiste hinter einer Wand, voller Gold. Dann fiel die Decke herunter und schloss uns ein, um zu sterben. Deshalb sind wir hierher gekommen, um Hilfe zu holen, und das ist alles", erklärte Aiden erneut.

„Ich kenne dich, Junge! Du bist hergekommen, um zu zerstören! Du hast Galway niedergebrannt, das weiß ich! Mit deinen Feuerbällen in deiner Wut! Du bist hergekommen, um zu zerstören, und ihr werdet alle in dieser Höhle sterben, und jetzt werde ich euch in Ruhe lassen, um eurem Tod ins Auge zu sehen!", grummelte Root.

„Bitte, Root", sagte Ide, „Aiden war jung und wollte Galway zu diesem Zeitpunkt nicht niederbrennen. Wir sind Magier und leben in einem Geist, der sich gegenseitig hilft und auch euch, den Zwergen, den Elfen und Feen, Geistern, verlorenen Seelen, was auch immer du dir vorstellen kannst. Wir sind gute Leute, auch wenn wir unsere Fehler haben, wir sind gute Leute und wir sind in gutem Willen gekommen, bitte glaub uns, Root."

Stille war alles, was sie als Antwort bekamen.

Ciara und Sheila gelang es, die Schatzkiste aus der Höhle zu stehlen, sie auf einen Wagen zu laden und nach Hause zu Sheilas Haus zu fahren. Dann tranken sie Wein und feierten ihren Erfolg. Spät in der Nacht schliefen beide ein, betrunken von ihrer Sauferei.

In der Höhle legte sich die Gruppe auch auf den kalten Boden des Tunnels und versuchte eine Weile zu schlafen. Sie hatten die Fackel gelöscht und die Augen geschlossen.

Aiden beruhigte seinen Geist und konzentrierte sich. Er hatte ein seltsames Gefühl dabei, in der Höhle eingeschlossen zu sein, also versuchte er, in die Vergangenheit zu reisen und nach einer Antwort auf dieses Gefühl zu suchen.

Dann sah Aiden eine Gruppe von Männern. Sie waren in einer Höhle eingeschlossen. Um sie herum war ein kleiner Tunnel und Dreck. Es war die Erinnerung an ein früheres Leben, in dem er mit einer Gruppe von Männern, Arbeitern, in einen ähnlichen Tunnel wie heute eingesperrt wurde. Es hatte einen Unfall gegeben und die Arbeiter wurden im Tunnel gefangen. Einige von ihnen wurden durch die fallenden Steine verletzt, ebenso Aidens Inkarnation, Frank war sein Name. Als Frank in der Höhle lag und sein Tod nahe war, als das Atmen immer schwieriger wurde, sah er den Engel des Todes. Frank hatte überhaupt keine Angst, da er bereits dachte, dass sie alle im Tunnel sterben würden, also war es ihm eigentlich egal.

Dann sah er einen Zwerg an der Seite des Todesengels und das überraschte ihn. Der Engel und der Zwerg diskutierten, als der Engel sagte, es sei noch nicht Zeit für Frank zu sterben und der Zwerg sagte, er könne seine Hilfe anbieten, falls Frank es wert sei.

Der Zwerg sprach dann mit Frank und irgendwie gelang es Frank, das Vertrauen der Zwerge zu gewinnen. Das war es, als der Zwerg anbot, der Gruppe der Arbeiter zu helfen und ihnen einen Weg aus dem Tunnel zu zeigen. So haben sie überlebt. Der Name dieses Zwergs war Hailen.

Aiden wachte auf. „Root, bist du da?", fragte Aiden. „Kennst du Hailen? Er ist ein Freund von mir. Hast du von ihm gehört?"

„Woher kennst du Hailen?", fragte Root leise.

„Es ist eine lange Geschichte und ich glaube, vor langer Zeit. Ich war einmal in einem Tunnel eingeschlossen, ein kleinerer wie dieser hier, und Hailen half mir und meinen Männern, lebend einen Ausweg zu finden. Dafür bin ich immer noch sehr dankbar", sagte Aiden zu dem Zwerg.

Stille - wieder. Und Dunkelheit. Dann, nach einer Ewigkeit, schienen die Wände im Tunnel in einem weichen blauen Licht zu leuchten.

Ide und Aiden sahen den Zwerg im Tunnel vor sich stehen. „Ich werde dir helfen. Ein Freund von Hailen ist ein Freund von mir. Komm, bring dein Team zusammen und ich werde dir einen Ausweg zeigen", bot der Zwerg an.

Ide und Aiden weckten die anderen und sagten ihnen, sie sollten ihre Sachen zusammen sammeln, da sie jetzt die Höhle verlassen wollten.

Colin und Finn waren ziemlich überrascht, als sie die blau leuchtenden Wände der Tunnel sahen. „Ist das ein weiterer Trick?", fragte Colin.

„Nein", sagte Aiden, „es ist die Hilfe eines freundlichen Zwergs. Jetzt komm, es ist Zeit zu gehen!"

Sie mussten durch ein paar Tunnel gehen, manchmal mussten sie durch winzige Löcher kriechen und schließlich traf der erste Tageslichtstrahl Aidens Gesicht. Was für eine Erleichterung. „Klettert aus der Höhle, ich werde euch folgen, wenn ihr es alle geschafft habt, okay?", schlug Aiden vor. Colin und Finn stiegen zuerst hinaus, Ide blieb bei Aiden, da sie Root auch sehen konnte und neugierig war, was jetzt kommen würde.

„Root, darf ich dir bitte eine Frage stellen?", wollte Aiden wissen.

„Was ist los?", sagte der Zwerg neugierig.

„Wir sind hierher in diese Höhle gekommen, da wir von einer Fee gehört haben, dass ein Schatz der Templer in einer der Höhlen in unserer Landschaft um Galway versteckt ist. Wir dachten, es sei diese Höhle hier und fanden tatsächlich eine Schatzkiste, die hinter einer künstlichen Wand versteckt war, die mit einem Kreuz markiert war. Gibt es mehr als diese goldene Truhe? Wir glauben, dass es noch mehr geben könnte. Würde es dir etwas ausmachen, darüber zu sprechen?", fragte Aiden.

„Als Freund von Hailen kann ich dir sagen, ja, es gibt noch mehr. Die Truhe mit dem Gold und dem Schmuck war nur eine Falle für gierige Diebe. Der wahre Schatz ist an einem anderen Ort in der Höhle versteckt und wir bewahren ihn auf, glaub mir das", bestätigte Root.

„Würde es dir etwas ausmachen, wenn wir zurückkommen würden, um uns diesen Schatz anzusehen, Root?", fragte Aiden weiter.

„Um diesen Schatz zu sehen, Aiden, musst du bereit sein zu sterben. Und ich meine es ehrlich. Dieser Schatz hat einen magischen Zauber, und du wirst nur überleben, wenn deine

Seele rein ist wie eine Blume in der Sonne. Etwas, das wir auf diesem Planeten nicht oft sehen. Wenn du glaubst, dass du bereit bist zu sterben, kannst du zurückkommen und auch deine Freundin mitbringen. Sie ist ebenfalls willkommen und kann deine Leiche nach Hause bringen, falls du den Test nicht bestehen solltest", erklärte Root.

Ein Schauer lief Aidens Rücken hinunter. Er hatte keine so klaren und offenen Worte erwartet, aber dafür war er dankbar. Zumindest wusste er jetzt, dass es eine Chance gab, den wahren Schatz der Templer zu sehen. Sobald er bereit wäre zu sterben. Für heute war sich Aiden darüber noch nicht sicher.

„Danke, Root, für deine offene Antwort und deine Bereitschaft, unser Leben heute zu retten. Wir werden uns immer an diese Freundlichkeit erinnern. Danke", sagte Aiden erneut.

„Vielen Dank, Root, und auf Wiedersehen", fügte Ide hinzu.

Dann stiegen sie aus der Höhle und Colin fragte: „Was habt ihr so lange gebraucht?"

„Wir mussten zuerst das blaue Licht löschen und wussten nicht, wie das gemacht wird. Jetzt wissen wir es", sagte Aiden.

„Du machst Witze, ja?", wollte Finn wissen.

„Ja, wir machen Witze. Wir wollten einen Moment für uns in dieser romantischen Höhle haben", sagte Aiden, sah zu Ide und sein Kopf wurde wieder rot.

Ide schüttelte den Kopf. „Ja, er ist manchmal so geil", sagte sie und lächelte.

Aiden wusste nicht, was er jetzt sagen sollte. Die Situation war für Aiden absolut peinlich, aber er fühlte sich auch irgendwie dafür verantwortlich.

Reflexionen

Nachdem die Gruppe mit leeren Händen sicher nach Galway zurückgekehrt war, kam Ciara am nächsten Morgen an den Tisch, an dem Ide und Aiden zum Frühstück saßen.

„Oh du meine Güte, ihr lebt!", sagte Ciara und zeigte ein überraschtes Verhalten. „Ich dachte ihr seid alle tot. Wisst ihr, als die Steine fielen, hatte ich so viel Glück, dass ich nicht von ihnen getroffen wurde. Die Schatzkiste wurde vollständig von diesen schweren Steinen bedeckt, als sie gefallen waren, und ich hatte solche Angst. Es gab kein Lebenszeichen von euch allen, also beschloss ich, ohne euch nach Galway zurückzukehren. Ich habe wirklich geglaubt, dass ihr alle gestorben seid."

„Wir konnten zum Glück entkommen. Wir dachten auch, dass wir in den Tunneln sterben müssten", erklärte Ide. „Es war nicht einfach, aber schließlich konnten wir wieder ans Tageslicht zurückkehren." Sie spürte, dass etwas nicht stimmte und konnte nicht sagen, ob es war, weil Ciara ein schlechtes Gewissen darüber hatte, was passiert war oder ob sie nicht ganz ehrlich über ihre Gefühle war. Ide blieb höflich, während sie ihre misstrauischen Gedanken für sich behielt.

Nach dem Frühstück ging Aiden zu Ide, sah sich um, um sicherzustellen, dass niemand zuhörte, und fing an zu reden: „Ide, kann ich dich bitte etwas fragen? Als wir aus der Höhle geklettert sind und du diese Bemerkung über mich gemacht hast, manchmal geil zu sein - weißt du, das war mir total peinlich. Warum hast du das gesagt?"

„Oh, Aiden", antwortete Ide ihm, „ich wollte dich mit diesem Kommentar nicht verletzen. Tut mir leid. Weißt du, ich habe festgestellt, dass du derzeit deine sexuelle Sensibilität entwickelst, was für einen jungen Mann in deinem Alter völlig normal ist. Und ich wollte nur eine lustige Aussage darüber machen, nicht mehr. Sexualität ist für mich etwas unglaublich Besonderes und gleichzeitig sehr Natürliches, und ich kann mir vorstellen, dass es für dich nicht einfach ist, einen Weg zu finden, damit umzugehen. Das könnte der Grund sein, warum dir mein Kommentar peinlich war. Es tut mir furchtbar leid. Manchmal geraten wir in Schwierigkeiten, wenn wir versuchen, lustig zu sein und nicht über die Konsequenzen nachdenken. Ich habe es wirklich nicht so gemeint, glaub mir, Aiden", entschuldigte sich Ide.

„Ja, mach dir keine Sorgen, Ide. Ich war einfach verwirrt. Ich habe diese sexuellen Gefühle, sie kommen plötzlich, wenn ich mich von dir oder Bridget angezogen fühle und nichts dagegen tun kann. Es ist, als ob etwas die Kontrolle über einige Teile von mir übernimmt. Ich weiß nicht, wie ich das wirklich erklären soll", sagte Aiden.

„Weißt du was, Aiden - lass uns über Sexualität sprechen. Das könnte nicht schaden, denke ich. Wie ist es für dich? Wie fühlt es sich für dich an, wenn du von einer Frau angezogen wirst?", wollte Ide von Aiden wissen.

„Nun, das fühlt sich für mich so seltsam an, wirklich darüber zu sprechen. Aber ich kenne dich so gut, also werde ich es versuchen, Ide. Wenn ich dich oder Bridget sehe, ist es manchmal - wie soll ich das sagen - ein starkes Verlangen, das in mir aufsteigt und ich möchte deine Haut berühren, dich fühlen und - ah, ja, viele andere Dinge. Ich denke, du weißt, was ich meine. Es ist mir wieder unangenehm, darüber zu sprechen. Das ist nicht einfach", gab Aiden zu.

„Ja, das verstehe ich voll und ganz, Aiden", antwortete Ide. „Dann lass mich dir etwas erklären: Sexualität ist Teil unseres menschlichen Lebens, es ist etwas, das uns antreibt, und du kannst sagen, die Natur selbst hat unser sexuelles Verlangen in uns eingepflanzt, um sicherzustellen, dass wir und alle Lebewesen ein Interesse daran haben, uns selbst zu reproduzieren, damit unsere Art, unsere Spezies durch und mit unseren Kindern weiterbesteht. Es ist eine natürliche Kraft und hat tatsächlich etwas mit unseren spirituellen Energien zu tun. Das ist der Grund, warum so viele Menschen Probleme mit ihrer Sexualität haben. Sie verstehen nicht, was Liebe ist, sie verstehen ihre Sexualität und den Unterschied zwischen Liebe und Sex nicht. Und da die sexuelle Energie eine Person stark antreiben kann, können viele Menschen diese Energie nicht kontrollieren, und das kann wirklich problematisch sein. - Du erinnerst dich an dein Leben als Prostituierte, ich weiß. Wie hast du dich gefühlt, als die Seeleute wegen Sex zu dir kamen?"

„Das war eine Mischung an Gefühlen, um ehrlich zu sein. Erstens fühlte ich mich unsicher, Teil von etwas zu sein, das ich nicht vollständig kontrollieren konnte. Und wenn du dann von jemandem berührt wirst, den du kaum kennst, ist es - wie kann ich das erklären - irgendwie beängstigend, weil es kein Vertrauen gibt, du nicht weißt, was diese Person mit dir macht, und dann fühlte ich mich benutzt. Wie eine Sache oder so. Ich fühlte mich nicht vollständig in die Situation integriert, es war, als ob ich nur teilweise in der Situation wäre und andere wichtige Teile von mir außerhalb des Prozesses wären - um mich selbst zu schützen, kann man sagen. Ich konnte die sexuelle Erfahrung selbst nicht wirklich genießen und danach fühlte ich mich schmutzig und wollte meinen Körper waschen. Aber selbst nach dem Waschen meines Körpers gab es Dinge in meinem Kopf, die ich nicht wegspülen konnte. Damit musste ich lernen, umzugehen. Ich denke, ich habe eine Art Distanz zwischen mir und all diesen Männern aufgebaut. Eine mentale Barriere, um meine Gefühle irgendwie zu schützen. Sonst wäre ich sicher dabei kaputt gegangen. Es war nicht einfach für mich", erklärte Aiden.

„Ja, für mich war es ähnlich. Wenn du deine Sexualität wirklich genießen möchtest, ist es wie gesagt: Es sollte ein gegenseitiges Vertrauen geben, ihr solltet euch kennen und wenn ihr euch liebt, dann wird es magisch. Wenn es nur um die körperliche Aktivität, die Berührung und die Stimulation des Körpers geht, erfüllt dich das auf lange Sicht nicht wirklich. Wenn es Vertrauen und Liebe gibt, bringt dies eine Intimität mit sich, die deine sexuelle Erfahrung zu etwas Schönem und Wertvollem macht. Ich bin mir sicher, dass du eines Tages herausfinden wirst, wie sich das anfühlt, Aiden. Und wenn alles stimmt, dann ist es wunderbar", sagte Ide.

„Ich würde mich so freuen, wenn ich meine erste sexuelle Erfahrung mit dir machen könnte, Ide, wirklich. Ich meine jetzt, in diesem Leben", gab Aiden zu.

„Oh Aiden, ich schätze deine Gedanken wirklich. Weißt du, wenn wir es tun würden, würde es deine Beziehung zu Bridget ändern, kannst du das sehen? Wir zwei, du und ich, würden eine neue Erfahrung machen, die uns näher zusammenbringen könnte, und andererseits könnte es der Fall sein, dass du einen Teil deiner Beziehung zu Bridget verlierst. Jetzt, heute, bist du ein Freund von uns beiden, dann wärst du der Liebhaber von einer von uns und das würde einen Unterschied für die andere machen, kannst du das sehen? Nun ist die Frage - willst du das wirklich? Willst du wirklich die Beziehung zwischen uns dreien ändern? Wenn du ehrlich bist, Aiden, ich glaube, du könntest auch eine sexuelle Erfahrung mit Bridget machen, und das wäre auch in Ordnung. Und die Beziehung zwischen uns, dir und mir, würde sich dann irgendwie ändern. Einen guten Freund zu haben, hat einen besonderen Wert, Aiden, und wenn du mich fragst, möchte ich keinen Teil unserer Intimität und Beziehung verlieren und möchte ihn nicht gegen eine sexuelle Erfahrung mit dir eintauschen, Aiden. Ich möchte lieber wertschätzen, was wir haben, und es so am Leben erhalten, wie es ist. Eine reine und unschuldige Freundschaft, in der wir über alles reden können, und ich meine wirklich alles. Wir haben keinen Grund, uns gegenseitig zu verletzen, wir haben nicht einmal einen Grund zu der Annahme, dass einige unserer Handlungen oder Worte den anderen verletzen könnten, da wir Freunde und keine Liebhaber sind. Eine sexuelle Erfahrung verändert eine Beziehung, du wirst es sehen, wenn es passiert, und vielleicht kannst du es dir mit deinem Wissen aus deinen früheren Leben vorstellen, Aiden", erklärte Bridget.

„Ja, ich denke, ich verstehe, was du meinst. Und tatsächlich, wenn ich zwischen dir und Bridget wählen sollte, weiß ich nicht, ob ich es richtig machen könnte. Ich könnte nicht sagen, welche Wahl die richtige wäre oder lass mich sagen, beide Entscheidungen scheinen so richtig zu sein, dass es unmöglich ist, sich zwischen dir und Bridget zu entscheiden. Ja, irgendwie seid ihr beide für mich von höchstem Wert, und wenn ich ehrlich zu mir selbst bin, würde ich es auch bereuen, wenn ich einen Teil unserer gegenwärtigen Intimität und Beziehung verlieren würde", gab Aiden zu.

„Jetzt müssen wir wohl mit unseren Herausforderungen leben. Wenn wir in Versuchung geraten, müssen wir mit uns selbst kämpfen, um die Intimität zu schützen, die wir alle miteinander teilen, anstatt uns einer plötzlichen Situation hinzugeben, die zu Änderungen an einigen der wertvollen Dinge führen kann, die wir haben", sagte Ide.

„Ja, ich sehe es jetzt. Das war wirklich gut mit dir zu reden, Ide. Jetzt fühle ich mich viel sicherer in Bezug auf meine Sexualität und ich glaube, dass ich mich das nächste Mal nicht schämen werde, wenn einer von uns wieder über irgendetwas spricht, das mit Sex zu tun hat. Zumindest hoffe ich das", schlussfolgerte Aiden.

Ide lächelte und umarmte Aiden.

Später am Tag baten Ide und Aiden Donal um ein Gespräch. „Dürfen wir uns mit dir unterhalten, Donal?", fragte Ide.

„Ja, sicher, kommt in mein Zimmer", schlug Donal vor, und Ide und Aiden folgten ihm in sein Arbeitszimmer, wo Donal oft seine Privatsphäre bewahrte, um Nachforschungen, Meditationen oder Untersuchungen verschiedener Art anzustellen. „Was kann ich für euch tun?", fragte er.

„Als wir mit dem Zwerg in der Höhle waren, Donal, bevor wir wieder an die Oberfläche kletterten, hatten wir ein kurzes Gespräch mit diesem Zwerg. Root ist sein Name. Er erzählte uns, dass sich in der Höhle neben der Goldkiste, die wir gefunden hatten, ein verborgener Schatz der Templer befindet, und er lud Aiden und mich ein, zurück zu kommen, wenn wir bereit sind, ihn uns anzusehen", erklärte Ide Donal.

„Das sind bemerkenswert interessante Neuigkeiten, Ide. Ich habe auch das Gefühl, dass die Templer mehr als nur Gold bei sich hatten, als sie 1307 ankamen. Zumindest wissen wir jetzt besser, wo dieser Schatz versteckt ist", schloss Donal.

„Was ich nicht verstehe", begann Aiden, „ist, wenn die Templer nach Galway kamen und wir Leute wie Colin, den Enkel eines Templers, haben, wie kommt es, dass der Schatz immer noch in der Höhle versteckt ist und wo sind diese Templer heute? Ich meine den Rest von ihnen. Sind sie verschwunden?", wollte Aiden wissen.

„Ich weiß nicht genau, was damals passiert ist", antwortete Donal. „Soweit ich weiß, haben die Templer beschlossen, mit ihrem Schiff auf eine Reise zu gehen. Einige der Templer blieben in Galway, wie der Großvater von Colin und einige andere. Der Rest ging irgendwohin, ich weiß nicht, wohin, und sie kamen nicht zurück, soweit bekannt. Da diejenigen, die hier geblieben waren, auf die Rückkehr ihrer Gefährten gewartet hatten, glaube ich, dass der Ort des Schatzes im Laufe der Zeit irgendwie vergessen wurde oder denjenigen, die in Galway geblieben waren, sogar nie bekannt war", erklärte Donal.

„Nun, was würdest du empfehlen, was sollen wir tun? Root lud Ide und mich ein, in die Höhle zurückzukehren. Da Colin nicht eingeladen ist und wir ihn als rechtmäßigen Nachkommen der Templer betrachten, ist es in Ordnung, wenn wir ohne ihn dorthin gehen, um uns den Schatz anzusehen? Wäre das nicht eine Art Verrat?", wollte Aiden von Donal wissen.

„Schau, Aiden. Der Zwerg überwacht den Schutz des Schatzes. Wenn Root sich entschied, nur dich und Ide einzuladen, würde ich sagen, wenn ihr Colin mitnehmt, wäre dies ein Verrat an dem Zwerg. Ich denke, es ist in Ordnung, wenn ihr beide in die Höhle zurückkehrt und wir können Colin später informieren, sobald wir mehr wissen. Wir haben nicht die Absicht, Colin etwas vorzuenthalten oder zu stehlen, das ist der wichtigste Punkt. Alles andere kann später entschieden werden, solange wir ehrlich und offen sind, Colin freimütig über alles zu antworten, was er fragen könnte. Ich denke, es ist okay, wenn ihr dorthin geht, wenn ihr wollt", schloss Donal.

„Okay, Donal, danke für deine Meinung. Es wird uns helfen, zu entscheiden, sobald wir wissen was wir tun möchten", sagte Ide.

„Kann ich bitte privat mit euch beiden sprechen?", fragte Aiden, als er Bridget und Ide am nächsten Morgen im Schulbereich traf. „Würde es euch etwas ausmachen, mir in ein ruhiges Zimmer zu folgen, bitte?"

„Sicher, jederzeit", sagte Bridget und Ide nickte. Sie gingen zum Hauptschulgebäude und saßen privat zusammen in einem Raum.

„Ihr wisst", begann Aiden, „dass ich dieses Leben als Penny im Bordell hatte und ihr beide auch dort gewesen seid. Ist das eurer Erfahrung nach normal, dass diese Verbindungen bestehen, oder ist es nur ein großer Zufall, dass wir uns in diesem alten Leben zuvor getroffen haben? Wie würdet ihr das sehen?“

„Nun“, begann Bridget, „wie ich es sehe, sind wir verbunden. Unsere Seelen haben eine Verbindung, die mehrere Leben dauert, Jahrhunderte, vielleicht für immer. Wenn wir uns als Seele für eine Lebenserfahrung auf Erden oder anderswo entscheiden, entscheiden wir auch, ob wir diese Erfahrung zusammen mit Freunden machen wollen, mit Seelen, die wir bereits kennen. Das ist ganz natürlich. Und so ist es völlig normal, dass wir uns immer wieder in unterschiedlichen Rollen mit unterschiedlichen physischen Verbindungen auf der Erde begegnen, wenn du so willst. Als Freunde, als Geschwister, als Eltern und Kind und so weiter. Für mich ist das völlig verständlich und das habe ich aus meiner eigenen Erfahrung gelernt, als ich in meine früheren Leben geschaut habe.“

„Ja, ich stimme voll und ganz zu“, sagte Ide. „Dies ist auch meine Erfahrung und mein Wissen. Wenn wir eine Verbindung miteinander haben, kann diese Verbindung einige Leben dauern. Es kann sogar sein, dass Gruppen von Seelen zusammen bleiben, das ist ganz normal. Andererseits macht es auch Sinn, neue Seelen zu treffen, die Umgebung zu verändern, neue Erfahrungen zu machen, so dass es absolut möglich und normal ist, dass wir Seelen treffen, die wir noch nie zuvor getroffen haben. Es ist wie ein Ozean, wir werden vom Sonnenlicht in den Himmel aufgenommen, wir fallen als Regentropfen von einer Wolke herunter und können uns in einer einzigen Pfütze auf der Erde versammeln. Oder wir fallen auf getrennte Pflanzen oder Tiere und verlieren uns voneinander. Aber der Tag wird kommen, an dem wir den Weg zurück ins Meer finden. So würde ich das erklären.“

„Das ist sehr interessant. Und Karma beeinflusst, welche Art von Erfahrung wir basierend darauf haben werden, was wir für andere geschaffen haben. Und jetzt - wenn es um jene

Seelen wie die von Callahan oder Glen-Bill geht, diese Kreaturen, die wir wirklich nicht mögen - warum werden wir sie nicht los? Warum treffen wir sie auch immer wieder? Warum können Seelen wie Callahans nicht verschwinden und uns in Ruhe lassen?", fragte Aiden.

„Du solltest versuchen, das große Ganze zu sehen, Aiden", fuhr Ide fort. „Wir sind hier, um zu lernen. Sobald wir jemandem Schaden zufügen, schafft dies eine Verbindung zu dieser Seele, die wir verletzt haben. Ob wir es wollen oder nicht. Wir schaffen eine Verbindung und Karma sorgt dafür, dass unsere Seelen wieder in Harmonie kommen, in ein natürliches Gleichgewicht. Wenn die andere Seele es uns im selben oder im nächsten Leben zurückzahlt, wird die Verbindung noch stärker. Und so entwickeln sich die Dinge mit der Zeit in beide Richtungen. Unsere Verbindungen zu unseren Freunden und unsere Verbindungen zu den Seelen, die wir verletzen und die uns verletzen, werden stärker. Das ist ein natürlicher Effekt. Wenn du mich fragst, Aiden, wenn du Callahans Seele loswerden willst, musst du ihm vergeben, was er dir angetan hat. Alles davon. Alles davon! Das ist die einzige Chance, glaube ich."

„Ich bin nicht sicher, ob ich das kann", antwortete Aiden ehrlich.

„Ja, deshalb sind wir immer hier, aneinander gebunden, ob es uns gefällt oder nicht. Es gibt einige Dinge, die ich auch nicht vergeben kann", fügte Bridget hinzu, „und ich weiß nicht einmal, ob ich lernen möchte, zu vergeben. Es ist so wie es ist und ich versuche immer das Beste daraus zu machen. Solange ich mich mit dem, was ich tue, in Ordnung fühle, ist es in Ordnung. Zumindest für mich. Klingt schwer, kann schwer sein. Es ist mein Leben und meine Reise." Nach einer kurzen Pause fügte Bridget hinzu: „Und ich freue mich sehr, einige Freunde wie euch zu haben!"

„Auch wenn ich wieder geil werde?", fragte Aiden.

„Sogar dann", sagten Bridget und Ide wie mit einer Stimme und lächelten.

„Ihr seid großartig. Ich liebe euch beide!", gab Aiden zu.

Am Abend dachte Aiden noch einmal über diese Seelenverbindungen nach. Er wusste, dass er eine alte Verbindung zur Seele seiner Mutter hatte, da sie bereits seine Mutter in seinem Leben als Navin in Indien gewesen war und jetzt wieder. Er wusste auch, dass er Verbindungen zu Bridget und Ide aus seinem Leben als Penny im Bordell hatte. Von seinem Leben als Frank in der Höhle wusste er noch nicht viel, nur dass seine Erfahrung mit dem Zwerg Hailen ihm zweimal das Leben gerettet hatte.

Das einzige, was Aiden störte, war die Verbindung zu Callahans Seele. War Aiden für den Beginn dieser dauerhaften Verbindung zu einer so hässlichen Seele verantwortlich, da es seine Aktion war, den Vergewaltiger in Indien im ersten Schritt zu töten? War das der Beginn dieser unangenehmen Verbindung? Aber was hätte er stattdessen tun können? Sollte er einfach akzeptieren, dass dieser dicke, reiche Mann seine Mutter vergewaltigte und ihn immer wieder beleidigte und dann nichts dagegen unternehmen? Aiden hatte Recht damit, den Vergewaltiger in Indien und erneut im Bordell zu töten. Das Töten war verdient, und Aiden war nicht bereit, alles zu akzeptieren, nur um nicht mit einer unangenehmen Seele in Verbindung zu treten.

Vielleicht war das der Grund: In einem Paradies würde es nur Harmonie und Liebe geben - keine Herausforderung, aufgebracht oder wütend zu werden, und daher auch keine Chance, etwas über Wut und Hass zu lernen. Was war jetzt besser? Ständig in Harmonie und Frieden zu leben oder all diese Arten von Gefühlen zu erleben und das Bild zu vervollständigen, auch die schlechten Dinge zu fühlen, Hass,

Wut, Verlegenheit, Schmerz, was auch immer? Welcher Weg wäre besser?

Das Leben ist so wie es ist, dachte Aiden. Wir müssen gute und schlechte Situationen erleben, und das wird sich nie ändern. Wir können nur daraus lernen.

Und dann können wir versuchen mit all unserem Wissen, den besten Weg zu finden, damit umzugehen, für uns selbst. Und aus dieser Perspektive schien es Aiden unvermeidlich, sowohl gute als auch schlechte Verbindungen herzustellen, zu Seelen, die du magst, und zu denen, die du nicht magst.

Damit muss man einfach leben. Es ist eine ständige Herausforderung. Aiden beschloss für sich, mit jeder Situation zwischen ihm und Callahan so umzugehen, wie es sich in diesem Moment richtig anfühlen würde, und sich nicht um die karmischen Beziehungen oder Verbindungen zu kümmern, die sie herstellen oder verstärken könnten. Lebe einfach und entscheide dich in jedem Moment für das Richtige. Mach keine Pläne, lebe einfach und handle aus der Situation heraus. Könnte das so schwer sein?

Als die Nacht sich über Galway legte und es Zeit zum Schlafen war, konnte Aiden immer noch keine Ruhe finden. Er hatte das Gefühl, er sollte sein Leben als Frank untersuchen, als er mit seinen Arbeitern in der Höhle eingesperrt war. Was war der Grund für diesen Unfall dort, wie wurden sie eingesperrt und was noch wichtiger war - und das war ein schrecklicher Verdacht, der Aiden traf - hatte Callahan auch etwas damit zu tun?

Aiden legte sich auf sein Bett, schloss die Augen und ging in die Vergangenheit, wie er es schon mehrmals getan hatte. Er ging direkt in sein Leben als Frank, der Bergmann. Als er sich die Ereignisse dieses Lebens genau ansah, begann Aiden langsam zu verstehen. Franks Aufgabe war es, nach Eisenerz zu graben, als sie eines Tages eine Goldader gefunden hatten. Das

Eisenerz konnte mit geraden Tunneln gewonnen werden, aber um das Gold zu fördern, müssten sie nach oben graben, mit der Gefahr, dass die Tunnel einfallen und vom Wasser eines Sees über den Tunneln überflutet werden. Frank, die Seele von Aiden, war der Vorarbeiter dieser Arbeiter und er sprach mit dem Chef dieses Unternehmens über seine Bedenken. Aber der Chef war ein gieriger Mann, die Leute nannten ihn nur Grunzer, da er im Schlaf stark schnarchte und es sich wie ein Schwein anhörte. Dieser gierige Mann forderte Frank und seine Arbeiter auf, nach oben zu graben, um das Gold in die Hände zu bekommen. Er respektierte das Risiko, das diese Arbeiter tragen mussten, nicht. Da dieser gierige Mann nicht auf das Gold warten konnte, das jeden Tag langsam hereinkam, beschloss er, Dynamit zu verwenden, um die Tunnel schneller in die Höhe zu bringen, in der sich das Gold in den Wänden befand. Dann - eines Tages - als der gierige Mann eine Explosion verursachte, wurden Frank und seine Arbeiter eingesperrt, als die Tunnel einstürzten. Das war, als Frank und seine Arbeiter zum Tode verurteilt wurden, hätte der Zwerg Hailen ihnen nicht geholfen, zu überleben.

Als Aiden von seiner Meditation in die Gegenwart seines Zimmers in Galway zurückkehrte, wusste er, dass dieser gierige Mann in diesem Leben die Seele von Callahan war. Nochmal. Es war keine Überraschung für Aiden und langsam, aber sicher, hatte er diesen Mann wirklich satt.

Rache

Am Abendhimmel sammelten sich dunkle Wolken, als wüsste der Himmel, was die böse Hexe Sheila vorhatte. Als sie von ihrer Tochter Ciara informiert wurde, dass die anderen sicher aus der Höhle zurückgekehrt waren, hielt sie es für zu gefährlich, in die Höhle zurückzukehren und vielleicht von den Magiern entdeckt zu werden, wenn sie versuchten, mehr Schatzkisten zu finden. Also beschloss sie, jemand anderen in die Höhle zu schicken, anstatt selbst dorthin zu gehen.

Sheila verließ ihr Haus und ging durch die Straßen von Galway, um ihren Assistenten zu besuchen - und das sollte Callahan sein, der Bürgermeister. Sie klopfte an die Tür und bevor jemand antworten konnte, trat sie in das Haus des Bürgermeisters ein.

„Callahan, bist du hier? Ich habe gute Neuigkeiten für dich!", begann Sheila zu reden.

„Was willst du?", antwortete eine Stimme aus dem anderen Raum, dann erschien Callahan. „Was ist so wichtig, dass du es nicht erwarten kannst, dass ich die Tür öffne?", sagte er unfreundlich.

„Ich weiß, wo Goldschätze nicht weit von hier versteckt sind! Und ich möchte dir die Chance bieten, reich zu werden, indem du dir einfach dieses Gold schnappst!", verkündete Sheila.

„Und warum sagst du mir das und schnappst dir das Gold nicht selbst?", fragte Callahan neugierig.

„Das ist leicht zu erklären", sagte Sheila und setzte sich an den Tisch. „Ciara, meine Tochter, war mit einigen Magiern der Schule auf einer Expedition und dann haben sie in einer Höhle unweit von Galway eine mit Gold gefüllte Schatzkiste gefunden", sagte Sheila, als sie eine goldene Münze aus ihrer Tasche zog und sie auf den Tisch legte, um die Wahrheit ihrer

124

Worte zu demonstrieren. „Leider wurde diese Truhe von den Magiern weggenommen", log Sheila. „Wie du dir vorstellen kannst, würde es für Ciara echte Probleme bedeuten, wenn Ciara und ich in diese Höhle gehen, um nach mehr Gold zu suchen. Sie könnte aus der Schule ausgeschlossen werden, wenn wir auf frischer Tat ertappt werden. Andererseits hättest du als Bürgermeister keinen Grund, dich den Magiern zu erklären, wenn sie dich in der Höhle treffen. Du kannst sie einfach weg bedrohen. Habe ich recht?"

„Wie viel Gold gibt es in der Höhle?", fragte Callahan und versuchte, die Münze auf dem Tisch zu ergreifen, aber Sheila war schneller und zog sie zurück in ihre Tasche, bevor er sie berühren konnte.

„Genug. Mehr als du dir vorstellen kannst!", übertrieb Sheila. „In der Höhle gibt es Tunnel, viele Tunnel und an den Wänden kleine Zeichen eines Kreuzes, und hinter diesen Zeichen befinden sich Schatztruhen voller Gold und Juwelen. Ciara hat es gesehen und konnte die goldene Münze ergreifen, die ich dir gezeigt habe."

„Und jetzt kommst du und willst, dass ich reich werde?", fragte Callahan. „Warum sollte ich dir glauben? Warum würdest du das tun?"

„Weil ich achtzig Prozent des Goldes bekomme, das du findest, als Belohnung dafür, dass ich dir gesagt habe, wo diese Höhle ist", erklärte Sheila.

Callahan fing an zu lachen: „Du dreckige verrückte Hexe! Ich könnte dich leicht töten, sobald ich weiß, wo diese Höhle ist. Bist du verrückt? Achtzig Prozent! Ich werde dir zehn Prozent geben! Ich habe das Risiko, ich habe die Arbeit, zehn Prozent sind mehr als du verdienst!"

„Okay, dann lass es sein. Dann gehe ich zurück und du kannst alles vergessen, was ich gesagt habe. Ich werde leugnen, jemals hier gewesen zu sein, und ich werde niemandem mehr etwas über das Gold sagen", sagte Sheila mürrisch und stand vom Tisch auf.

„Warte!", sagte Callahan und griff nach ihrer Hand. „Ich gebe dir zwanzig Prozent!"

„Sechzig!", feilschte Sheila.

„Nicht mehr als dreißig Prozent oder ich werde einen Grund finden, dich in die Folterkammer zu bringen!", drohte Callahan ihr.

„Okay, dreißig Prozent und keine Tricks, sonst werde ich dich und deine Verwandten verfluchen!", drohte Sheila ihm zurück.

„Okay, abgemacht. Wo ist die Höhle?", wollte Callahan wissen. Sheila wandte sich wieder dem Tisch zu und setzte sich wieder. Dann zog sie eine Karte aus ihren Kleidern und präsentierte Callahan den Standort der Höhle.

„Du solltest nicht zu lange warten, um das Gold einzusammeln. Ich weiß, dass die Magier es auch gerne einsammeln und es keine Zeit zu verlieren gibt, wenn wir uns selbst sichern wollen, was in der Höhle noch übrig ist!", sagte Sheila ungeduldig.

„Lass das mein Anliegen sein und jetzt lass mich in Ruhe!", forderte Callahan.

Zwei Tage später kehrten Aiden und Ide zur Höhle zurück, um sich mit Root zu treffen und um Erlaubnis zu bitten, den verborgenen Schatz der Templer zu sehen. Sie brachten einen Wagen mit, nur für den Fall, dass es etwas gäbe, das sie zur Schule zurückbringen könnten. Und sie hatten wieder etwas zu essen und zu trinken, falls sie länger als erwartet bleiben würden. Sie stellten den Wagen unter einige Bäume und sorgten dafür, dass das Pferd auch gefüttert wurde und dass es genug zu trinken hatte, bis sie zurückkehren würden. Dann gingen Ide und Aiden zum Eingang der Höhle.

Plötzlich stoppten sie. „Siehst du das?", fragte Aiden. „Da ist jemand am Eingang der Höhle!"

„Ja, das sehe ich und es ist nicht Root. Es ist ein riesiger Mensch. Lass uns näher kommen, um zu sehen, ob wir ihn kennen", schlug Ide vor und sie setzten ihren Weg zur Höhle fort.

Als sie sich dem Eingang näherten, war Aiden schockiert. „Es ist Callahan! Ich glaube es nicht!", sagte Aiden überrascht. Dann rannte er so schnell er konnte zum Eingang der Höhle und als er nahe genug war, fragte er ihn direkt: „Callahan, was machst du hier?"

Ide war verzweifelt. Wie konnte Aiden so unvernünftig sein und direkt mit Callahan sprechen? Sie hätten warten und beobachten sollen, was los war, anstatt so plötzlich einzugreifen. Aber es war zu spät dafür.

Callahan drehte sich um und rief Aiden zu: „Der miese Junge! Wieder mal! Geh weg und lass mich in Ruhe! Dies ist jetzt meine Höhle und niemand anderes wird hier eintreten, solange ich hier bin. Geh dahin zurück, woher du kommst. Ich werde kommen und dich später zur Strafe ziehen für das Feuer, das du in Galway verursacht hast. Ich habe nicht vergessen, was du getan hast, und das werde ich dir nie vergeben! Jetzt gehe raus! Wenn du mir nicht zuhörst, wirst du es früher bereuen, als es dir lieb ist!"

Aiden holte tief Luft, als er vor Callahan stand und seine beiden Messer aus dem Gürtel nahm. In jeder Hand hielt er ein Messer fest und sagte dann zu dem fetten Bürgermeister: „Nein, Callahan, jetzt hörst du mir zu. Du hast mich aus deiner Hütte in den Regen geschubst, als Donner und Blitze mich erschreckten. Du hast mich von deinem Land vertrieben, während ich nichts Schlimmes getan habe. Du hast meine Mutter bedroht und du hast mich jahrelang gesucht, um mich für das Feuer zu bestrafen, das nur wegen dir begann. Jetzt bin ich hier. Und hier endet es. Jetzt und für immer!" Und nach ein paar Sekunden fügte Aiden hinzu: „Ich vergebe dir!", und Aiden ließ die Messer auf die Erde fallen, zu Callahans Füßen, da er die karmische Verbindung zwischen ihnen ein für alle Mal beenden wollte.

„Aber ich vergebe dir nicht, mieser Junge!", rief Callahan, nahm die Messer vom Boden und sprang auf Aiden zu. Mit all seiner Kraft steckte er die Klingen in Aidens Seiten, wo sich die Nieren befinden. Aiden öffnete den Mund und fiel lautlos zu Boden. Das Blut breitete sich langsam, aber beständig, aus und bildete eine dunkle und wachsende Pfütze auf dem Boden.

Callahan zeigte kein weiteres Interesse an Aiden, drehte sich um und trat in die Höhle, um nach dem Gold zu suchen.

Ide war schockiert, als sie sah, wie Aiden von Callahan verletzt wurde. Sie rannte zu Aiden und fand ihn mit beiden Messern, die immer noch in seinen Seiten steckten. Blut kam aus den Wunden des Körpers und Aiden hatte sein Bewusstsein verloren.

Aiden sah sich neben seinem blutenden Körper stehen. Dann spürte er eine kalte Brise in seinem Rücken und drehte sich um. Der Engel des Todes war hier, und Aiden hatte Angst, aber nicht so sehr, wie er sie hatte, als er den Engel zum ersten Mal an den Klippen gesehen hatte. „Und jetzt?", fragte Aiden.

„Nun, Aiden, ist es Zeit für mich, dich auf die andere Seite zu führen. Ich werde dich sicher durch den Lichttunnel nach Hause bringen, wo du deine geliebten Verwandten treffen wirst."

„Darauf bin ich nicht vorbereitet!", sagte Aiden. „Nein, das ist nicht fair. Ich wollte mit Callahan Frieden schließen und er hat mich getötet! Ich möchte leben, das ist nicht fair!"

„Aiden, du würdest nicht glauben, wie viele sinnlose Diskussionen ich bereits mit vielen menschlichen Seelen geführt habe, die nicht bereit waren zu sterben. Es gibt keinen

Ausweg. Jetzt ist die Zeit für dich, auf die andere Seite zu gehen. Du wirst sehen, alles wird gut. Ich bin hier und werde an deiner Seite bleiben, solange du meine Gesellschaft brauchst, um zu tun, was für dich kommen muss. Wie Ide sagte, ich bin dein Freund, und was jetzt kommt, ist für dich unvermeidlich, Aiden. Wenn du willst, dass ich mein freundliches Aussehen behalte, komm jetzt besser mit mir. Komm", beharrte der Engel und nahm Aidens Hand, als der Lichttunnel vor ihnen erschien.

„Ich glaube, ich habe das verdient, weil ich ihn zuerst getötet habe", sagte Aiden resigniert. Langsam und beständig betraten Aiden und der Todesengel den Tunnel.

Überraschenderweise dauerte es nicht lange und Callahan fand in einem der Tunnel ein kleines Kreuz an einer Wand. Er nahm den Spaten, den er hierher mitgebracht hatte, in die Hand und begann damit gegen die Wand zu schlagen. Sein Herz pochte höllisch, als er immer wieder stärker und schneller gegen die Wand schlug. Dann fiel die Mauer ein. Und damit fiel die Decke herunter und vergrub Callahans fetten Körper unter schweren Steinen, Schmutz und Staub.

Danach kehrte die Stille in den Tunneln zurück. Reine und friedliche Stille.

Ide konzentrierte sich, als sie versuchte, Aidens menschliche Seele zu erreichen, um Aidens Rückkehr in seinen physischen Körper zu erbitten. Aber sie konnte ihn nicht kontaktieren. Egal wie verzweifelt sie es versuchte, es gab kein Zeichen von Aidens Seele. Als sie ihre Augen wieder öffnete, sah sie Aidens blassen Körper wieder. Dann hörte die Blutung auf. Aiden war weg.

Ide hatte Tränen in den Augen, als sie Aidens Körper über die Schulter nahm, um ihn zum Wagen zu bringen. Es sah seltsam aus, wie leicht Ide Aidens Körper trug, da sie eine zarte Figur hatte und keinen außerordentlich starken Eindruck machte. Aber sie war entschlossen und benutzte ihre magischen Kräfte, um Aidens Körper zu erheben und ihn in die Schule zurückzubringen.

Schließlich, nach Stunden, als sie in der Schule ankam, halfen Cassidy und Bridget Ide, Aidens Leiche in ein kleines Gebäude zu tragen und dort auf einen Tisch zu legen.

Sie alle waren geschockt und Bridget fragte: „Was ist passiert?"

„Es war Callahan. Als wir an der Höhle ankamen, war Callahan dort und Aiden rannte zu ihm. Es ging alles so schnell und Callahan nahm Aidens Messer, um ihn abzuschlachten. Ich konnte nichts tun, um es zu verhindern. Ich habe versucht, Aidens Seele zu erreichen, um ihn zurückzubringen, aber ich habe versagt", sagte Ide mit einem langen Seufzer.

„Mach dir keine Sorgen, Ide", versuchte Bridget sie zu trösten, als sie die Klingen aus Aidens Körper entfernte. „Nicht jede Seele kann zurückgebracht werden. Manchmal ist es Zeit für sie, nach Hause zurückzukehren, und niemand kann etwas dagegen tun."

Dann - plötzlich - spritzte wieder Blut aus den Wunden von Aidens Körper. „Schau!", sagte Bridget. „Hilf mir, vielleicht ist es noch nicht zu spät!"

Cassidy kümmerte sich um eine verwundete Seite, während Bridget ihre Hände auf die andere Seite legte. Ide trat an die Vorderseite des Tisches und nahm Aidens Kopf in ihre Hände. Dann konzentrierten sich alle drei Frauen und stellten sich vor, wie Aidens Wunden heilen würden. Cassidy und Bridget stellten sich vor, wie Aidens Nieren in blaues Licht gehüllt wurden und mit einer Kühlpaste versorgt wurden, um die Blutung dort zu stoppen. Dann wurden seine Nieren mit orangefarbenen Lichtkabeln verbunden, um sie mit vitalisierender Energie zu unterstützen, sobald die Blutung eingedämmt war. Dann stellten sich Cassidy und Bridget vor, wie die Wunden an Aidens Seite mit einer grün-gelben Lichtpaste bedeckt wurden. Schließlich wurde der Bauch in einen grünen Lichtverband mit goldenen Funken gewickelt, der dort bleiben würde, bis Aidens Wunden sich vollständig erholt hätten.

In der Zwischenzeit stellte sich Ide vor, wie Aidens Körper mit frischer Energie aus dem Universum versorgt wurde, und sie kümmerte sich nacheinander um alle Chakren von Aiden, um die Heilung so langsam wie nötig und so dauerhaft wie möglich zu stimulieren.

Die drei Frauen sahen, dass Aiden langsam und schwach zu atmen begann. Er öffnete seine Augen noch nicht und so beschlossen sie, bei ihm zu bleiben und seinen Zustand zu beobachten.

Aiden lag im Koma. Sein Astralkörper war bei Bewusstsein, während sein physischer Körper schlief. Aiden fühlte sich wunderbar wohl und er genoss es einfach dort zu sein und sich gut zu fühlen. Dann sah er einen Engel und fragte ihn: „Hallo, wer bist du? Du bist definitiv nicht der Engel des Todes, oder?", wollte Aiden wissen.

„Ich bin dein Schutzengel, Aiden. Und ich bin hier, um dich wieder zum Leben zu erwecken. Es ist Zeit, dass du deine Augen öffnest und zu denen zurückkehrst, die dich lieben", sagte der Engel.

„Ah, das glaube ich nicht. Warum sollte ich? Es ist so gut hier, wo ich jetzt bin. Mir scheint, ich habe die ganze Zeit der Welt und warum sollte ich mich beeilen wollen?", fragte Aiden.

„Weil dein Leben wartet, nicht wahr? Du wurdest nicht geboren, um im Koma zu liegen, Aiden. Dein Ziel ist es, wach zu sein und Interesse zu zeigen. Nimm an deinem Leben teil und nutze es! Welchen Sinn macht es, wenn du in diesem Zustand bleibst? Es macht überhaupt keinen Sinn! Jetzt komm und öffne deine Augen, Aiden!", forderte der Engel.

„Warum sollte ich das tun wollen? Was auch immer ich versucht habe, es hat nicht wirklich gut geklappt. Ich habe versucht, meinen Vater zu kontaktieren, aber es hat nicht funktioniert. Dann ging ich mit Bridget zur Expedition, um nach Atlantis zu suchen, und das Schiff sank. Dann wäre sie fast gestorben, als sie den Drachen traf. Konnte ich am Drachen vorbeikommen, um in die Höhle zu gelangen und herauszufinden, was er dort schützt? Nein ich konnte nicht. Und dann suchte ich in der Höhle bei Galway nach dem Schatz der Templer. Wir fanden eine Truhe mit Gold, aber als wir zurückkamen, um den wahren Schatz zu sehen, wurde ich von Callahan beinahe getötet. Nun siehst du? Für mich hat nichts wirklich gut geklappt. Warum sollte ich dann zurückkehren wollen? Hier habe ich keine Trauer, keine Probleme, alles ist in Ordnung. Lass mich in Frieden ruhen, mein Schutzengel, dessen Namen ich nicht einmal kenne. Los - alles ist in Ordnung", sagte Aiden.

„Oh nein, nichts ist in Ordnung! Aiden! Du glaubst wirklich, du kannst beurteilen, was in deinem Leben bisher richtig und was falsch gelaufen ist? Wie kannst du es wagen zu sagen, dass alles schief gelaufen ist und nichts für dich gut geklappt hat? Bist du völlig verrückt? Oder bist du nicht menschlich genug, um weiter an deinen Aufgaben auf der Erde zu arbeiten? Willst du dich wirklich aufgeben? Ich sage dir, was passieren wird: Dein Körper wird jeden Tag älter und wenn du dich endlich in der Lage fühlst, zu deinem Leben auf Erden zurückzukehren, wirst du ein alter und gebrochener Mann sein, der von seinem Feind Callahan fast getötet wurde und sich dann nie von diesen Wunden erholt hat. Du hast Mitleid mit dir selbst. Gibt es nichts in deinem Leben, das du wirklich liebst? Etwas, für das es sich lohnen würde, zurückzukehren? Irgendetwas?

Aiden antworte mir!", forderte der Engel und er klang wirklich verärgert.

„Ich weiß nicht", gab Aiden zu.

„Aber ich weiß es. Gib dich nicht auf, Aiden. Du kannst später ins Paradies gehen. Jetzt solltest du wirklich zu deinem Leben auf Erden zurückkehren. Fahre mit deinen Aufgaben fort und mach uns alle bitte stolz auf dich. Und ich kann dir sagen, dass es ein Geheimnis gibt, das es wert ist, dafür zurückzukehren. Wenn du dies nicht tust, wirst du nie davon erfahren", sagte der Schutzengel. „Das Beste kommt noch. Hab ein bisschen Vertrauen, Aiden. Wenn du nicht bald zurückkehrst, werde ich den Engel des Todes bitten, dich nach Hause zu bringen, das verspreche ich dir. Denk darüber nach und fühle es."

Orla

Ein paar Tage später, als Aiden sich von seinen tödlichen Wunden erholt und sein Bewusstsein wiedererlangt hatte, wurde er von Ide gefragt, was aus seiner Sicht geschehen war, während er als tot angesehen wurde.

„Nun, das war so seltsam, Ide. Ich dachte, ich wäre tot, und ich sah wieder den Engel des Todes, und er führte mich durch den Lichttunnel auf die andere Seite. Es war so schön dort und es gab so viel Liebe, es war überwältigend. Ich wollte wirklich dort bleiben, als der Engel sagte, ich müsste zurückkehren. Und dann brachte er mich zurück zum Eingang des Lichttunnels. Irgendwie fühlte sich das auf der anderen Seite dort drüben noch realer an als auf dieser Seite hier. Kannst du das glauben, Ide?", sagte Aiden.

„Bis zu einem gewissen Grad ja. Es ist nur so, je länger du wieder hier bist, desto mehr wirst du erleben, wie diese Eindrücke zu deinen inneren Erinnerungen zurückkehren, sie verblassen wieder. Aber wie war es dir überhaupt möglich zurückzukehren? Normalerweise gibt es, sobald eine Seele vollständig durch den Tunnel gegangen ist, meines Wissens keine Rückkehr mehr", wollte Ide von Aiden wissen.

„Ja, das war so seltsam, Ide", begann Aiden zu erklären. „Der Todesengel sagte mir, er müsse das silberne Band durchschneiden, das den physischen Körper mit unserem Astralkörper verbindet, damit ich wirklich sterben würde. Aber er hat es nicht durchgeschnitten und so war es mir möglich zurückzukehren und meinen Astralkörper wieder mit dem physischen Körper zu verbinden. Weißt du, was ich glaube, Ide? Es gibt noch viel zu entdecken, so viel! Und ich bin so glücklich, dass ich die Gelegenheit bekommen habe, meine Reise mit euch allen hier in der Schule fortzusetzen!", sagte Aiden mit Tränen in den Augen.

Ide umarmte ihn lange und sagte dann zu ihm: „Ja, es ist so schön, dich zurück zu haben, aber zuerst musst du noch ein paar Tage oder Wochen ruhen, bis du dich vollständig erholt hast. Dann - und nur dann - könnten wir erwägen, dich für neue Abenteuer wieder mitzunehmen!", sagte Ide mit einem Lächeln.

„Natürlich, meine Liebe!", antwortete Aiden und neckte Ide.

Aiden sollte seine unbedachte Bemerkung schneller bereuen, als es ihm lieb war, als Donal mit einer jungen Dame in seiner Gesellschaft den Raum betrat.

„Und schließlich -", sagte Donal zu der jungen Frau, „das ist Ide. Sie ist am talentiertesten, um mit spirituellen Wesen wie Feen und Elfen zu kommunizieren. Sie kann diese schönen Wesen sehen und sie spricht mit ihnen, als wären sie einer von uns. Du wirst das sicherlich interessant finden, glaube ich." Und nach einer kurzen Pause fuhr Donal fort: „Und dieser junge Mann ist Aiden. Er kam vor ein paar Tagen von einem Abenteuer zurück, tödlich verwundet. Er ist einer unserer Schüler an der Schule." Dann wandte sich Donal an Ide und Aiden und stellte ihnen die junge Dame vor: „Ide, Aiden, diese junge Frau ist Orla. Sie kam mit ihrer Familie nach Galway und ist in der Kunst der Astrologie bestens ausgebildet. Ich glaube, unsere Schule wird zweifellos stark von ihrem Wissen auf diesem Gebiet profitieren", schloss Donal.

Aidens Mund stand offen, als er das Gesicht dieser jungen Dame gesehen hatte. Sie sah genauso aus wie die Frau, mit der er in seinem früheren Leben in Afghanistan verheiratet war. Er konnte kein Wort sagen, während sein Herz so stark schlug, dass er seinen Puls in jeder Zelle seines Körpers spürte. Als Orla zur Begrüßung seine Hand berührte, fühlte sich Aiden, als würde er direkt von einem Blitz aus dem Himmel getroffen.

Und die Reise dieser Seelen wird
fortgesetzt

…Wie es immer schon war…

Über das Buch und wie es entstanden ist

Die Idee, einen Roman über Reinkarnation und magische Ausbildung zu schreiben, wurde vor einigen Jahren geboren. Ich habe einige Zeit gebraucht, um die Grundidee der Geschichte zu entwickeln, die mehrere Leben der Hauptfigur enthalten sollte.

Ein wichtiger Punkt war die Erstellung der Charaktere der Geschichte selbst. Wie können Sie sich verschiedene Charaktere vorstellen und sie authentisch halten? Mein Ansatz dabei war, mir vorzustellen, wer jeden Charakter spielen könnte, wenn die Geschichte für die Erstellung eines Films verwendet würde. Ich suchte nach Bildern von Schauspielern und Schauspielerinnen, die ich den jeweiligen Rollen zuweisen konnte. Sobald Sie Gesichter für Ihre Charaktere haben, ist es einfach, sich vorzustellen, wie sie sich verhalten würden. Der zweite Teil für die Erstellung der Charaktere bestand darin, sich reale Personen vorzustellen, die ich in meinem Leben kennengelernt hatte und an deren Aktivitäten ich beteiligt war. Dies war besonders hilfreich für die Bösewichte und die schlechten Charaktere in der Geschichte. Es ist unglaublich hilfreich, über ihr Verhalten zu schreiben, wenn diese echten Menschen Ihnen selbst etwas Schlechtes oder Unangenehmes angetan haben. Es ist, würde ich sagen, eine Art positive Psychotherapie, und Sie können diesen Menschen alles zurückzahlen, was sie Ihnen in Ihrem wirklichen Leben angetan haben. Sie können sie in den Dreck fallen lassen, Sie können ihnen alle möglichen Dinge antun und Sie können sie dumm, gierig, hässlich und wie Idioten machen. Das gibt viel schlechte Energie von Ihnen in den Charakter eines Bösewichts ab, der davon profitieren kann, um der Geschichte willen. Es ist eine Win-Win-Situation, und sollte einer dieser echten Menschen eines Tages das Buch lesen und vielleicht erkennen, dass er oder sie die Grundlage für den Charakter des Bösewichts ist, hilft ihnen dies vielleicht zu verstehen, wie hässlich ihr Verhalten gegenüber anderen Menschen war oder immer noch ist.

Um eine gute Geschichte zu entwickeln, ist es unvermeidlich, dass Sie lernen, wie man eine Geschichte erstellt. Was ist wichtig, wie beschreiben und entwickeln Sie die Handlung, wie wecken Sie das Interesse des Lesers und halten es aufrecht? Es ist hilfreich, so viel wie möglich zu lesen und zu lernen, da Ihr natürliches Talent (falls Sie eines haben) wirklich vom Wissen anderer profitieren kann, die vor Ihnen Geschichten geschrieben haben.

Dann wurde eine grundlegende Geschichte mit Kapiteln und Ideen entwickelt, was passieren würde und wer was in der Geschichte tun sollte. Wenn Sie anfangen zu schreiben, wird nur ein Skelett dieser Ideen überleben. Je mehr die Geschichte selbst zum Leben erweckt wird, desto mehr Dinge werden sich beim Schreiben entwickeln. Das ist ziemlich überraschend und führt zu Änderungen der Geschichte, die Sie nicht vorhersehen. Und wenn Sie im Fluss sind, wenn Wörter auf natürliche Weise herunterkommen, kann die Geschichte auch von der Freiheit profitieren, zu wachsen, wie sie will. Dies ist wahre Inspiration und vielleicht ist es etwas, das von einer höheren spirituellen Ebene kommt. Wenn die Geschichte davon profitiert, ist es in Ordnung.

Dann - und ich weiß nicht wirklich, warum das so war - wollte etwas in mir, dass ich den Roman auf Englisch schreibe, nicht auf Deutsch. Meine natürliche Sprache ist Deutsch, aber ich habe es immer gemocht, auf Englisch zu sprechen. Wenn ich einen Film anschaue, schaue ich ihn lieber in seiner natürlichen Sprache an, sei es Englisch oder Französisch. Klar, ich habe immer noch Schwierigkeiten, alles zu verstehen. Zuerst fing ich an, die Filme auf Deutsch zu sehen, dann ein zweites Mal auf Englisch. Heute habe ich ein Niveau erreicht, bei dem ich die deutsche Version meide, da sie zu künstlich und unnatürlich klingt. Ich schaue Filme nur auf Englisch, wenn dies ihre Originalsprache ist. Das hilft in der Tat, Ihre Sprachkenntnisse zu verbessern. Ich fand es großartig, den Roman auf Englisch zu schreiben.

Das hat ein paar vorteilhafte Nebenwirkungen. Das erste ist: Ich benutze nur Wörter, die ich kenne. Das hält die Sprache einfach und viele Menschen sollten verstehen können, was als Geschichte niedergeschrieben ist. Der zweite Vorteil ist, dass ich, wenn ich die deutsche Version des Buches mit Google Übersetzer erstelle, die übersetzte Version vollständig verstehe und jede Information erkenne, die nicht so übersetzt wurde, wie ich es wollte. Wenn die deutsche Übersetzung seltsam war, konnte es sein, dass der Google-Übersetzer nicht genau das tat, was ich erwartet hatte. Dann habe ich es einfach in neuen Worten geschrieben. Oder - es konnte sein, dass ich selbst in der englischen Version einen falschen Wortlaut verwendet habe - aufgrund der Tatsache, dass mein Englisch nicht perfekt ist und ich immer noch Fehler mache, wenn ich versuche auszudrücken, was ich sagen möchte.

Eine schlechte deutsche Übersetzung zu sehen, weil die englische Originalversion mit den falschen Worten geschrieben wurde, hat mir in vielen Kapiteln geholfen, auch die englische Schrift zu verbessern. Hätte ich die Geschichte zuerst in deutscher Sprache geschrieben und dann mit dem Google-Übersetzer eine englische Version erhalten, hätte es möglicherweise viele Wörter gegeben, mit denen ich nicht vertraut bin oder dass Phrasen in einer Weise übersetzt worden wären, wie sie nicht gemeint waren und ich würde das nicht erkennen, da ich es nicht vollständig verstehen würde. Letztlich würde ich sagen, dass der Ansatz, das Buch in einer

Fremdsprache zu schreiben, eine sehr gute Entscheidung für mich war, und ich habe auch an den Stellen in der Geschichte, an denen ich etwas Bestimmtes schreiben wollte, einige neue englische Wörter gelernt, wenn ich selbst nicht die richtigen Worte finden konnte.

Andererseits - es kann sein, dass der englische Text für eine natürliche englischsprachige Person nicht immer perfekt klingt. Ich glaube, die Leser werden ein gewisses Verständnis dafür haben, wenn sie wissen, wie der Text erstellt wurde und dass ich es einfach nicht besser machen konnte. Die deutsche Version klingt auch an vielen Stellen der Geschichte seltsam. Nun, ich akzeptiere dies unter der Voraussetzung, dass der Text vom Englischen ins Deutsche übersetzt wurde. Wäre er zuerst auf Deutsch geschrieben worden, hätte die deutsche Version einen Vorteil gehabt. Nun denn - mir hat es viel mehr Spaß gemacht, es umgekehrt zu machen, und ich schätze die Fähigkeit des Google-Übersetzers sehr, die Geschichte in ein deutsches Buch umzuwandeln, ehrlich. Ich habe auch mit dem Gedanken gespielt, „Google Translator" als Co-Autor für die deutsche Version des Buches anzukündigen. Könnte sein, dass es das erste Mal gewesen wäre, dass „Google Translator" als Autor eines Buches benannt worden wäre.

Insgesamt - und das ist die wichtigste Botschaft überhaupt - war es mir eine große Freude, dieses Buch zu schreiben. Ich hatte so viele Situationen, in denen ich wegen einiger Dinge oder Sätze im Text wirklich lachen musste, von denen ich selbst nicht erwartet hatte, dass sie in den kreativen Prozess des Schreibens der Geschichte einfließen würden.

Eines Tages hatte ich einen unangenehmen Anruf von einer unangenehmen realen Person, mit der ich mich befassen musste. Es war ein großes Vergnügen und eine wahre Freude, die Botschaft dieses Anrufs am selben Tag, nur ein paar Stunden später, in die Handlung umzuwandeln. Ich bin fest davon überzeugt, dass die Leser die Freude spüren werden, die sich auch in die Worte des Textes verwandelt hat. Denn selbst wenn in Ihrem persönlichen Leben schlimme Dinge passieren, können diese genutzt und in etwas Vorteilhaftes und Gutes verwandelt werden.

Nachdem ich mich entschlossen hatte, an diesem Buch zu arbeiten, war ich offen für Inspirationen, die mir in vielerlei Hinsicht zufielen. Wenn Sie offen sind, wenn Sie versuchen, aus allem, was Sie beobachten, zu lernen, wenn Sie es dann mit Ihrer persönlichen Essenz, Ihren Gedanken, Ihrer Kreativität kombinieren, können Sie den Menschen auf dieser Welt viel zurückgeben, glaube ich. Sie entscheiden jeden Tag, ob Sie die richtigen Dinge tun wollen, die guten Dinge, oder ob Sie gegen andere kämpfen. Karma ist der Richter für alles, was wir tun. Wir dürfen und können tun, was wir wollen. Schließlich werden wir an unseren Handlungen gemessen. Unser persönliches Karma wird dafür sorgen, dass wir verstehen, was gut ist und was nicht. Wenn andere sich bei dem, was Sie tun, gut fühlen, ist es auch gut für Sie. Wenn andere durch Ihre Handlungen verletzt werden, können Sie es beim nächsten Mal besser machen. Wir alle machen Fehler. Wir sind hier, um zu lernen. Es ist immer unsere persönliche Reise. Und es ist völlig in Ordnung, wenn wir uns korrigieren, wenn wir etwas aus unseren Handlungen oder aus unserem Leben gelernt haben.

Was ich aus dem Schreiben dieses Buches gelernt habe, ist, dass es so wichtig ist, dass wir Menschen unser Leben für Dinge nutzen, die uns glücklich machen. All das Lachen, das ich während des Schreibens dieses Buches zurückbekam, hat einen unglaublichen Wert für mich und wirkte sich nachhaltig positiv auf meine geistige Verfassung aus.

Es ist so wichtig, dass Sie Ihr Leben genießen, für etwas Gutes leben, der Welt etwas zurückgeben für den positiven Empfang, den wir alle jeden Tag erhalten. Die Natur unterstützt uns so gut wie möglich. Wir werden mit leeren Händen geboren. Unsere Verwandten kümmern sich um uns. Wenn unser Karma es uns ermöglicht, positiv belohnt zu werden, können wir ein wunderbares und gutes Leben auf diesem Planeten Erde führen. Wenn wir gehen, gehen wir mit leeren Händen. All diese Dinge, die wir zwischen unserer Geburt und unserem Tod als unsere eigenen bezeichnen, können als Geschenke unseres Lebens an uns betrachtet werden. Können Sie sehen, wie reich wir wirklich sind? Und all unsere Erfahrungen, unsere Gefühle, alle Erinnerungen - wir dürfen sie mitnehmen, getragen von unserer unsterblichen Seele für die Ewigkeit. Ist das nicht großartig?

Noch ein Gedanke: Da ich offen für Inspiration von anderen war, habe ich viel von Leuten wie Sylvester Stallone und einigen Drehbuchautoren oder Leuten wie Stan Lee oder J. J. Abrams gelernt, indem ich ihre Interviews angesehen habe. Und eine Sache, an die ich mich erinnert habe, ist: „Versuchen Sie immer, dass das nächste Buch besser wird als das letzte." Ich denke, es ist so wichtig, dass wir immer versuchen, unser Bestes zu geben. Es ist wichtig, ein Ende zu finden und unsere Projekte zu einem bestimmten Zeitpunkt zu veröffentlichen, damit andere es endlich sehen können. Und wenn wir ein Buch oder eine andere Kreation veröffentlicht haben, werden wir auch unser eigenes Urteil über die Qualität des Buches fällen. Und für mich ist es ganz normal, dass ich immer kritische Gedanken über diese abgeschlossenen Projekte finde, dass ich denke, ich hätte sie besser machen können. Und jetzt geht es darum: Wenn Sie nicht lernen, die Dinge so loszulassen, wie sie sind, werden Sie niemals zufrieden sein. Der bessere Ansatz ist, loszulassen und dann einfach zu versuchen, es beim nächsten Mal besser zu machen. Das treibt uns wirklich zur Verbesserung, wenn wir aufgeschlossen sind. Es ist in Ordnung, nicht perfekt zu sein, da es am wichtigsten ist, zu beginnen, Maßnahmen zu ergreifen, mit einem Projekt zu beginnen, was auch immer es ist. Lasst es uns einfach tun.

Ich habe einige Situationen erlebt, in denen ich gesehen habe, dass Frauen mit einem beeindruckenden Talent nicht den Mut gefunden haben, etwas damit zu tun. Sie gaben ihre Chancen immer zuerst an einen Mann weiter, bevor sie den Mut fanden, es einfach selbst zu tun. Ich kann nur sagen: Wenn Sie eine Frau sind und unsicher sind, ob Sie etwas tun können, ob Sie etwas tun sollten, ob Sie eine weitere Ausbildung benötigen und mehr und mehr, bis Sie sich schließlich vielleicht bereit fühlen, Maßnahmen zu ergreifen - lassen Sie es los.

Wenn Sie denken, Sie möchten etwas Kreatives tun, etwas, das Ihnen, Ihren Gefühlen, Ihrer Seele wichtig ist, dann tun Sie es! Machen Sie es jetzt. Warten Sie nicht auf bessere Zeiten oder die Ewigkeit, damit Sie besser vorbereitet sind. Alles was Sie brauchen, ist den Schritt mit Mut und jetzt zu tun. Geben Sie Ihr Potenzial nicht preis, verschwenden oder verbergen Sie es nicht, geben Sie Ihre Chancen nicht auf. Passen Sie auf sich auf, nehmen Sie all Ihren Mut und machen es dann, was auch immer Sie glücklich macht! Solange es hilft, andere Menschen glücklich zu machen, und solange Sie von Ihrem Karma eine positive Belohnung erwarten können, wird es in Ordnung sein. Und selbst wenn es schief geht, werden Sie besser, wenn Sie aus Ihren Erfahrungen lernen. Was uns antreibt, ist unser Gefühl, die Freude, die natürlich kommt, wenn wir Dinge tun, die wir mögen, die uns mit Freude erfüllen. Lassen Sie sich von niemandem bremsen. Lassen Sie sich von niemandem beurteilen. Ihr eigenes Urteil sollte das schlimmste und grausamste sein, das Sie sich vorstellen können. Lassen Sie die anderen reden. Dann machen Sie, was Sie glücklich macht. Es ist in erster Linie Ihr Leben!

Wenn dieses Buch und die darin enthaltene Geschichte Sie unterhalten haben und Sie einige positive Botschaften für sich herausnehmen konnten, hat es seinen Zweck vollständig erfüllt.

Vielen Dank für Ihr Interesse und dafür, dass Sie dem Buch eine Chance gegeben und Ihre Zeit damit verbracht haben.

Bleiben Sie sicher, bleiben Sie gesund und halten Sie Ihr Karma sauber!

Mit den besten Wünschen an jeden einzelnen von Ihnen, danke!

Liebe Grüße,

Pearly Scott

Und bitte erinnern Sie sich:

Sie können einen Stock in einer Sekunde in zwei Teile zerbrechen, aber es dauert Jahre, bis ein neuer für Sie wächst. Bitte denken Sie daran, wenn Sie versuchen, aus einem Impuls heraus zu handeln.